邂逅一树繁花

李凤琳 著

国际文化出版公司
·北京·

图书在版编目（CIP）数据

邂逅一树繁花 / 李凤琳著. -- 北京：国际文化出版公司，2023.3
ISBN 978-7-5125-1439-3

Ⅰ.①邂… Ⅱ.①李… Ⅲ.①散文集－中国－当代 Ⅳ.①I267

中国版本图书馆 CIP 数据核字 (2022) 第 217698 号

邂逅一树繁花

作　　者	李凤琳
图书策划	崔付建　秦国娟
责任编辑	侯娟雅
封面设计	鸿儒文轩
出版发行	国际文化出版公司
经　　销	全国新华书店
印　　刷	阳谷毕升印务有限公司
开　　本	880 毫米 ×1230 毫米　32 开 7.5 印张　　　　　　178 千字
版　　次	2023 年 3 月第 1 版 2023 年 3 月第 1 次印刷
书　　号	ISBN 978-7-5125-1439-3
定　　价	52.00 元

国际文化出版公司
北京朝阳区东土城路乙 9 号　　　　邮编：100013
总编室：(010) 64270995　　　　　传真：(010) 64270995
销售热线：(010) 64271187
传真：(010) 64271187-800
E-mail: icpc@95777.sina.net

目 录
Contents

第一辑　文字里的暖意

三月，邂逅那一树繁花 / 002
文字里的温暖 / 006
春　意 / 011
青春是一段没心没肺的纯真时光 / 014
腾出空，去生活 / 016
时光里的明媚 / 019
活　着 / 024
两只气球 / 029
一个人的旅行 / 033

第二辑　故乡情

月是故乡明 / 038
行走异乡的温暖和感动 / 055
湛江"年例"趣事 / 058
二姨妈 / 065
米豆腐情结 / 070
婆　婆 / 073
乡　情 / 077
幸福之家俏婆婆 / 083
醉美洞庭鱼米乡 / 088
那年高考 / 091
童年里的夏天 / 096
交公粮的岁月 / 106
我的初中语文老师 / 109
爱是千层底 / 112
虎头枕里寄深情 / 114
久别，可否重逢？ / 117
父亲的幸福 / 120
"双抢"记忆一二 / 123

第三辑　美好的期待

爱若航灯 / 128
因为爱 / 131
家文化故事：蝶变 / 134
一封家书：祝你平安 / 139
疫无情，人有爱 / 142
以爱的名义 / 145

第四辑　笔墨评谈

说说《红楼梦》里的人物性格及命运 / 150
致敬傅雷先生和他大写的人生 / 152
谈谈诗歌的语言 / 157
渡过命运这条河 / 161
谈谈小说的写作与文学的标准 / 164
无以突围的命运 / 167

第五辑 心向光明

光明，我的第二故乡 / 172
阳台上的茉莉花 / 176
夜色中的上村狮山公园 / 182
村口的榕树 / 185
麻石巷，一段古朴时光 / 188
红花山公园的草地广场 / 191
茅洲河畔柚子花 / 194
曙光路的花儿 / 197
红花山公园的美丽蝶变 / 200
走过红花北路 / 203
又到五月荔枝香 / 206
梦圆光明 / 209
边境管理区通行证的故事 / 212
光明的未来更光明 / 215
楼明路的黄昏 / 220
荔湖公园夜色 / 223
光明的天空 / 226

第一辑

文字里的暖意

三月，邂逅那一树繁花

南方的春天，大多阳光明媚，偶尔来一场小雨，细细密密，织了一夜。早晨，睁开双眼，就能感觉到窗外暖暖的阳光倾泻，裹挟着花开的气息，扑面而来。

这个时候，不知不觉，繁花已缀满枝头，一夜之间，悄然而至，让人惊喜不已。

因为服务工作的特殊性，我上午一般九点去上班。离家的时候，太阳早就高悬在东边的树梢上，昨夜楼下尚拥挤不堪的车流早已经悉数撤退，就如海潮一样。每天早上，临走，我总会记得去阳台上，抚弄我的花花草草，与其喁喁私语一番，心里便盈溢欢欣。我一直以为，花草是深谙感情的。女人的花痴情结，大抵都如此吧。

三月的阳光，暖融融的，随轻风裹挟阵阵绿叶的清新气息，偶然花香清清浅浅，让人慵懒，甚至心生倦怠。不愿思虑工作的事，也不曾合计未来，只想如此沉醉，拥抱当下，心安是归处。

不疾不徐，十分钟徒步，便至最近的公交车站台。路人的神情都藏在眸子里，从不正眼相看，害怕被迎面而来的陌生人洞察。我也是，索性在近视眼镜上外架一副墨镜片，如此，各行各路，互不相干。

公交车久等不至，我决定另选一条路，绕行至工作单位。上了车，才发现，整辆大巴竟然成了我的专车。年轻司机酷酷的，不说话，面无表情。我选择了靠后的座位，邻近车窗，可以与阳光亲密接触。因了车载音乐与偶尔的报站声音，我才不觉得自己在独行。南方这座城市，适合生长夜的疯狂与白昼的孤独。

坐在车上，漫不经心。缥缈思绪随眼神游离。就在此时，车行的前方右侧，隐约是那略高的枝头。目光所及之处，蓦然闪过一抹红，鲜丽，耀眼。心中莫名讶异与欣喜，索性摘下墨镜，细看。

车渐渐驶近，这抹红随之于眼前晕染开来，慢慢地遮蔽了我的大部分视线。不由自主地站起来，盯着车窗外，痴痴地看。

这是木棉花，喜欢就下车去好好欣赏吧。当这个声音在我耳边突然响起来的时候，我循声而望，竟然是那个酷酷的年轻司机，这时候，一丝笑意浮现在他上扬的嘴角。

微笑着谢过司机，我下车往回走。风，轻轻地，扑面而

第一辑 文字里的暖意　003

来，裹着淡淡的清香。眼醉，心亦醉。那一片鲜艳的红，铺天盖地，就在我眼前铺展开来，我眼前的整个世界，就只有唯一的颜色，遮天蔽日。纵然红得如此炫目，但它却不事张扬，静静地绽放，那么自然，那么悠闲，那么淡定从容，不卑不亢。

轻轻地，我小心地靠近，害怕惊吓了它。而那株大树，向我伸展它颀长的枝干，华盖蔽天。地面，昨夜的风助它铺开了一张红毯。我一步步地走向它，就像去拥抱一个久别重逢的老朋友。我明显地感受到来自它的真诚和热情，一朵朵霞云，竞相绽放在我的头顶。又宛若一张张童稚的脸，婴孩一般，粉嫩红润，洋溢纯真明净的笑靥。脚步穿行在花瓣织成红毯的地面，每一步我都小心翼翼，唯恐一不小心就踩着了地上的花瓣儿。我觉得，也许它不会哭，但它真的会疼。这一朵朵明艳的花儿，分明就是一个个春天的精灵吧。

暖阳下，风起，地上的花瓣亦随风而舞，优雅地旋转着，一圈，一圈，舞姿清丽脱俗，每一片都卓尔不群，渐次集结，聚拢在树下那靠近围墙的一隅，抱团，组合成花冢，那是最美的归宿。而树枝上的花朵，亦欢唱着，和着清风，拍打着节奏，偶尔派遣几名花之精灵，载歌载舞，加入到红毯的舞队，展示春意阑珊与妩媚，彰显万种风情，尽欢。

静静地站立在春风中，这一株木棉树下，我想起了席慕蓉那一首脍炙人口的诗《一棵开花的树》："……阳光下，慎重地开满了花，朵朵都是我前世的盼望……"我未曾求佛，亦不曾想过求佛。可我，却在这个暮春的早上，邂逅这一树繁花，莫名欣喜。

  手心里，我捧着这一朵，痴痴凝视，心儿微颤，有泪欲下。我知道，它懂我，正如我懂得它在春天里的痴心守候。

  一树木棉花，足以承载整个春天。

文字里的温暖

对于文字，我一直持有一分莫名的敬仰、虔诚以及感激。感谢文字的陪伴，时常能在我对生活衍生些许倦怠和沮丧的时候，为我找到情绪的安放之处。生命如溪，峰回路转，纵使生命孤寂，而灵魂并不孤独，只因写作和阅读，令人倍感温暖与心安。

总有一种情结，无法言说，长久郁结于心，令我感到沉重和无奈，却依旧找不到释放的机会。束手无策，这是一件很痛苦的事。但也总有生活的明媚之处，充盈阳光和温暖，激励我执着于心中的信念，并乐此不疲。

曾经沉迷于一些声色文字，以为那就是写作的状态，却犯了一个极普通的错，我并未真实地融入自己的情感，只是在制造一些文字词语与某些概念的拼凑。

幸运地得到几本书，诗人远人的《河床上的大地》《新疆纪行》《怎样读一幅画》，尤为欣喜。初始时漫不经心地翻阅，很快，我被它们深深地吸引，欲罢不能。在此以前，我读过最多的，是半月刊杂志，如《读者》《演讲与口才》之类。另外，比较喜欢的是张小娴等几位女性作家以及其他当代名家的散文随笔。对国外名著涉猎极少，那是我阅读的盲区。

平时大众所接受的阅读，无非就是那些用辞藻华丽来体现主题的文字，久而久之，我也习惯了从众。当我初读到这些朴实无华的叙事抒情散文，我的情感莫名就被它牵引着，随同作者深入其表达的文字内心。充满欢欣和舒适，这正是我想要寻找的情感出口吧。

一直以来，我钟情于散文随笔，其简短精辟，意蕴悠长，能引起我内心的共鸣。而这几本书，不只是体现了它的全部特点，更特别之处，它通篇不用华丽的辞藻的堆砌，朴实到可以看到它骨子里的清纯与素净。可是，它又具有如此神奇的魔力，一直吸引我阅读下去。我仿佛在打开属于我封存久远的回忆，只是借用别人的笔端，来完美表述我想表达却又词穷的美好情感。

那几天，下班后的全部休息时间，我拒绝一切邀约，全神贯注于我的阅读之中。我想，我找到了久违的感受，它帮助我梳理了积压在我心中经年累月的困惑，走出矫揉造作"为赋新词强说愁"的尴尬，明确地指引我的写作走向一个光明的出处。最重要的是，作者的笔触总是能出其不意地创造出新意，令人惊喜不已，同时心悦诚服。

有感而发，无意之中，我开始写一些东西，明显地摒弃了许多不实与弥补了许多不足，虽然同时打上了借鉴的烙印，但我感到格外欣喜，觉得好的东西就要得到传承与发扬。我很开心，能用朴素而简洁的文字，来表达内心的所思所想，而融入其中的血肉，正是我真实而诚挚的情感。这让我的文字鲜活起来，拥有了一定的生机和活力，而不是形容词堆砌而成的华丽空洞和苍白无力。

倚在床头看书，是我深感惬意之事。我把几本书摆放在床头柜上，贪婪地一遍遍阅读，反复学习，对它们爱不释手。暗自懊悔相逢太晚。我又上网查到作者在当当购书网上的另外几本散文随笔集，迫不及待地收藏了它们。我想，我是幸运的，虽然这是一场迟到的相逢，但是，总算没有错过啊！

更幸运的是，我居然在生活中遇到这样的文学大家，他居然就在我的身边——接到两个通知，分别是光明新区作协主办的文学笔会，还有作协主席的一个文学讲座。周末的两天时光，我的心充满了明媚阳光！首场文学笔会上，我终于见到了仰慕已久的这一位"文学大咖"，虽然身为新区作协主席，但他却极具亲和力，他温和的眼神里充满睿智，目光扫及之处，都能真诚地迎合每个人的心情，友善，关注，恰到好处，照顾到每个人，令与会者都如同老朋友相聚一般温暖、亲近。让我感到无比震撼和欣悦的是，主席的数位嘉宾朋友都是重量级文学大咖，其中不乏鲁迅文学奖获得者！

各位文学大咖都满腹经纶，但在笔会上均谦卑有礼，各抒己见，仁者见仁，智者见智，就新区作协推出的首卷生态读本提出了许多宝贵的意见。而同时，也为我们这些文学爱好者奉上了一场丰富的文化盛宴！收获满满的同时，我内心充满感激与感恩！

周末下午的一席文学讲座，由我们新区作协主席主讲。数十名作协会员与文学爱好者齐聚于公明中英文学校的小礼堂，并未因为突然来袭的暴风雨而影响激动和愉悦的心情。现场异常安静，甚至可以听到风扇下空气的徐缓流动。

主席强调，写作的基础在于海量的阅读。这一点，我感慨颇深。无论是写作的素材积累，还是写作技巧的学习，都立足于阅读。这无疑是站在伟人的肩膀上。另外一个重要的因素，在于文字的血肉，只有融入了作者的真情实感的文字，才能引领读者渐渐深入地阅读下去。主席劝诫我们，在写作的时候，切忌无病呻吟，大量堆砌华丽辞藻最为失败之笔。我们在写作的时候，最应关注的是，真诚地投入自己的情绪和感受。这样，才能使读者受到作者的感染，而心情愉悦地臣服于情感真实饱满的文字而读下去。

再次翻阅床头的几本书时，我又有了新感受，感叹于作者对文字驾驭得张弛有度、游刃有余，情感表露时的朴实真诚和恰到好处，让读者感同身受，仿佛那就是自己。这样的阅读状态，是一种极其安妥的，能贴近内心的柔软之处的安抚，令人愉悦。

可以毫无疑义地说，我爱好写作，我喜爱阅读。虽然我只是出于一种本能的由衷热爱，并且尚能执着于内心的坚定，但文学博大精深,我唯有鞭策自己,多阅读名家经典,借鉴前人,踏实,勤奋,努力,笔耕不辍,方可能在文学的路上走得更远一些。

春 意

收到朋友寄来一套《弟子规》光碟。我满心虔诚,用三天看完,不胜感慨。上善若水,厚德载物。德不配位,必有灾殃。其所不能,反求诸己。我唯一铭记在心的,是一个字:善。于是,纵然置身繁华俗世,亦可淡泊泰然,安之若素。

闲暇翻阅旧照片,如烟往事,引心情如潮激荡,原本宁静的心,竟一时无法淡定。其实,最好的幸福,是珍惜当下,不再回首,不念当初。浅笑,是为自勉。

所幸,我一直都喜爱阅读。不断地读书,不断地进步,我越来越开心,也渐渐地摸索着学习经营幸福和快乐。

常言"腹有诗书气自华"。我特别敬慕近代才女林徽因,蕙质兰心,优雅从容,才华横溢,诗情墨韵,集于一身,玲珑美玉,浑然天成。

每一个人，都有自己独特的人生之旅，其幸福与否，先在于选择，后在于决定。你，选对了吗？无论对错，你都很难改变，不如平静地面对，接受，适应。

现实很幽默，也很冷酷，也许，我们唯一能做的，就是与生活握手言和。所有的现在都将成为过往，而所有的过往，都是生命的一种恩赐，庄严地接受它吧。

也许，人生原本就是一场博弈。面对现实，我宁愿相信，所有的困难与艰辛都只是暂时的。而那些人与事，那些不快与纠结，都随风消散吧。

古训中，要求女人三从四德。于我，它仿佛不曾远离。虽然内心燃烧某种渴望与期冀，却始终无力与现实抗衡，最终只能俯首投降。年轻时面对误解与不满，总是愤懑如火山爆发。如今，时光磨平了我性情的锋利棱角，我唯有在无奈中缄默无言。

当一切合理的事物却要费尽周折来据理力争以佐证，而不合理的一切却又堂而皇之登堂入室之时，我不再表现出激愤难平，只是苦笑。

阳光，风雨，坎坷，坦途，成就人生之旅。所谓的成功与失败，并非以某种标准来界定吧。如我，时值中年，高堂健在，稚子阳光快乐，我自身亦能坚持公益事业，努力达成年轻时的梦想，做自己喜欢的事，这难道不是一种成功吗？呵，聊以自慰也不错。

春天本是一个绿瘦红肥好时节，阳光明媚的日子里，不妨换上素衣布履，来一场蓝天白云下与轻风鸟鸣的浪漫温馨邂逅吧。别忘了，这是一个桃红柳绿煦暖之春，莫辜负。

播种梦想，期盼秋实，我们，总是需要某种支撑或让步，才可以行走得更远，变得更坚强更优秀。

或许，人生，需要一些裂缝，阳光才可以照进来。在心底播种阳光的人，生命才永不荒芜。保持一颗初心，明白生命的方式，不念过往，不畏将来。为此，我在仰望，并不断付出努力。

青春是一段没心没肺的纯真时光

看过电影《致我们终将逝去的青春》,无疑,内心是被深深触动的,总有一些细节,与自己的青春不谋而合。

每一个人都拥有那么一段纯真岁月,青涩的,茫然的,爱恨起来没心没肺。思绪总是会在某个安静的时段,触及泛黄的回忆。含泪的微笑,心灵的悸动,迷蒙的眼眸,书本里的小纸条,还有后脑勺那一闪即逝的偷窥……

极其渴盼重拾青春时光,天真无邪,纯真快乐!学校里的中午时间,沉淀着青春近乎全部的欢乐回忆。下河摸鱼虾,上树逮蝉鸟;午间卖冰棒,夜晚偷西瓜;春天捉蝴蝶,夏天抓蚱蜢;秋天摘甜枣,冬天挖荸荠。一元钱买五本小人书,上课时偷偷和同桌分享;晚自习的烛光,温馨而浪漫,偷看某某人远胜过背单词的次数;假日里野炊的欢聚,是快乐的延伸。嬉笑追逐，打闹嗔怒，没心没肺。浅浅的忧伤，总是敌不过纯真的欢笑。

似乎一切都深陷于混沌之中，我们尚未来得及拥抱青春，也不曾被青春撞到闪腰，就灰溜溜地开始了人生的拼搏旅程。疲倦地奔波在工作和生活中，留下一个个失眠的夜晚，脑海里重复着高考前后那一段希望与恐惧交错的非常岁月。

在这个怪异离奇的世界里，我怀疑青春的真实与价值所在。独守一颗孤傲的心，仍然百般虔诚地怀念属于自己的那段青春，那被打磨上纯真无邪与青涩忧伤的烙印。面对眼前这些古怪着装与新异个性的人，以及狂妄不羁的言行，是否感到浅浅的悲凉？或许，在他们年轻的眼中，我们就是固执守旧的代名词。青春就像外星人，怪异，神秘，能量非凡，我行我素，没心没肺。

怀念那一段遥远的人生旧时光，那一段未曾圆满却丰满的青春旅途。审视，身边那些徘徊在喜欢与爱边缘的青春。悄悄渴盼和祈愿，赶快插上梦想的翅膀，以青春的名义，展翅翱翔吧！

青春短暂却绚丽，青春犀利而无畏，青春是一把出鞘的利剑，所向披靡。无论欢笑与忧伤，那都是一种壮举。年轻人，有什么理由去挥霍美好的青春呢？时光稍纵即逝，千万莫辜负！

腾出空，去生活

很久未曾联络的老同学在微信上留言，说最近太忙了，为了生活，实属无奈。我回复他说，理解，但人到中年，腾出空，好好享受生活。他回馈我一个握手的表情，我觉得，他一定是懂得我说的话了吧。

当年初嫁先生时一无所有，没有房子，没有车子，没有戒指，唯一值得纪念的是，我们婚礼当天，先生的奶奶从自己的无名指上取下一枚变了形的戒指，郑重而怜爱地为我戴上。当时，面对奶奶的爱与深情，我无力抗拒。生活很现实，婚后三天，我们踏上了返回深圳谋生的路程，没有任何怨言，仿佛一切都合情合理。当然，这都是为了生活。

后来，有了孩子，生活上稍有富余，先生便说服我辞去工作，专门在家教子。我始终觉得先生所言所行都是对的。

于是，后来的七年，我从职场白领，摇身一变，成了一名不事修饰的厨娘，一日三餐为孩子。每天早上送孩子上学，中午接回来，下午送回校，等到傍晚六点又去学校接回孩子，如此反复。单调、枯燥，我却当之神圣职责，没有抱怨，反而觉得这是作为一名母亲的一部分人生，理所当然。

后来，我突然发现，自己变成了一个陌生人。与外界相距好远，没有朋友聚会，没有学习培训，没有任何孩子和家庭以外的生活，就算是上网，我也不知道怎样使用网购。我全部的生活，只限于当时居住的小镇，那所小学，那个菜市场，那条小路，一辆自行车，一个有两个孩子的院落。

清醒过来的时候，我显得格外恐慌。而不巧的是，先生的工作发生了较大的变动，我们必须离开这个生活了七年的小镇，搬家到离此一百公里外的另一个小城。

就在选择暂居新址的时候，我和先生的意见发生了较大的分歧。后来，在我的坚持下，孩子和我终于在我十五年前曾经工作过的地方安定下来，我们租住在一个三居室的小区里，月租一千元。

依托于旧关系，我很快就为孩子找到了就读的学校。而先生也另外谋到了一份新工作。这是一个新的起点，也是一段新的征程。孩子要上学，我想工作，先生担心孩子缺乏照顾，不赞成我去工作。但我觉得，生活对于我，不只是活着，而是要有内容，有意义、有价值地活着。

把孩子送去寄宿学校后，我开始尝试去外面走走，一边参加志愿服务，了解一些就业信息。我报读了成人学校的安全主任培训，考取初级安全主任资格证以后，我再次报考了初级社工师资格考试，次年顺利通过。一个偶然的机会，在我经常参与志愿服务的社区，有人给我提供了一个就业信息，那就是附近一个社区正在招聘社工。在她的推荐下，我顺利地通过面试，拥有了一份新工作。

在工作中，我认真负责，陆续获得数项表彰和嘉奖。下班后，我参加了国画与书法培训，慢慢结识了许多志趣相投的朋友，在学习上互相交流，共同获得成长。同时，我重新拾起了丢弃多年爱好——写作。在恩师的指导和鼓励下，我在写作上慢慢地取得小小进步。经过三年的努力，我在国内一些文学刊物上陆续发表了一些小作品，也通过参赛获得了一些小奖项，对于这一切，我深感满足和开心。

我奋斗我幸福！感恩人生际遇，感恩生命中的贵人，让我能拥有自己如意的工作和幸福生活，每天都能在生活中感到愉悦，在工作中感动自己，日子越来越有滋有味，在每一个日出日落时分，都能感受到世间静好，于欣然之间，奔赴一个又一个幸福新起点。

生活的节奏很快，再忙，也要关注生活的质量，健康、平安、快乐都是一根尺子，丈量幸福的深度与广度。时代在发展和进步，我们也不能墨守成规。跟随前进途中响亮的号角，勤奋求学，与时俱进，大步跨入新时代。幸福生活，绝非一味地追崇物质享受，更重要的是精神与心灵上的丰硕吧。为此，我愿付出更多努力。

时光里的明媚

两周前与好友们相约去公园看向日葵,因各种原因耽搁,终于在这个周末的下午成行,心情雀跃。

时节已过处暑,但太阳依旧热烈,烤得热浪翻滚,走几步就汗水淋漓,如同置身于一个硕大无比的烤箱里做汗蒸。

为了应景,我特意换上了一袭白色长裙,期待能在金黄的背景下留一个鲜明对比的倩影,哈,想想就偷乐了。阳光明晃晃的,刺眼,我把久置不用的墨镜戴上了,开车的朋友带着女儿悠悠,小女孩盯着我看,像盯着一个陌生人。然后,她咧嘴乐了:阿姨,你好酷呀。我便摆个酷酷的 POSE 给悠悠当模特,她倒是很开心,连续按下快门,再将成果展示给我看。我夸她,小摄影师真棒。她调皮地吐一下舌头,腼腆地笑了。

当另一好友出现在我们车前，我差点没认出她来。同样一袭白色长裙，外面一件长款同色连帽防晒衣，裹着一米六五的个头，除了脸上露出两只大眼睛，身体基本都被严实地防护起来了，就连那丸子头也让连帽给包裹着。这装束让我和悠悠忍不住哈哈大笑。当她拉开车门即将抬腿上车的时候，我和悠悠异口同声：喂，你是谁？上错车了吧？好友错愕，随即开怀大笑，哈，上错车就代表着即将要发生一个美好的故事了。

我们将要前往的地方是光明区开明公园，距离我们出发地大约十公里。如果乘坐公交车，估计至少需要半小时。但因天气炎热，我们担心倘若一番折腾下来，就伤了赏花的兴致。所幸朋友驾车送我们前往，大家心情不免雀跃，讨论着前不久在新闻里看到的向日葵盛放的繁茂景致。想象着我们一袭白裙，亭亭玉立于一片金色花海中，镜头下，一片明媚。该有多美！多怡然！

车子从龙大高速楼村入口驶入，十分钟后下高速我们就到达了龙大高速光明出口。侧目右手边，一片新开辟的公园便跃然眼前。路侧零星可见一片红色的非洲菊，正得深烈，宛如一片火红的海，点缀在另一片绿色的海洋中。当车泊在入口处，我们迫不及待地疾步入内，但一阵阵热浪扑面而来，还是阻滞了我们前行的脚步。悠悠连忙找我要了麦毡帽，她俊俏的小脸蛋便隐入一片阴影中。我和好友赶紧撑开了太阳伞，几个人心照不宣地一同躲入路旁的林阴里。

这里早就聚集了一班游人，应该比我们早到了很久吧，有的席地而坐喝饮料、聊天，有的居然支起了小帐篷，三五幼童跑进跑出，追逐嬉戏。

虽然阳光热烈，气温较高，但风儿并不曾缺席。青草的清新气息被风携带，一阵一阵地送过来，如果不是眼前亚热带林木错综排列，我会以为置身于内蒙古的科尔沁草原——去年盛夏，我到达那里的时候，同样的晴朗天气，同样的青草气息；当然，心情同样明媚。

向日葵园在哪呢？我见好友一边擦汗，一边环顾四周，充满期待又略显茫然。

沿着这条新铺的绿道，一直朝前走，相信，很快就能找到的吧。我建议，这是有道理的，因为公园尚未完全竣工，面积并不算大，而目前最为突出的景点无非就是媒体上大肆宣传的向日葵园了。

于是，我们三人一齐走出林阴，沿着绿道往前方缓步而行。游人不太多，可能因为天气炎热的原因。但也有一些游人慕名而来，举着太阳伞，缩着脖子，尽量将身子藏在太阳伞的阴影下。

行五分钟，至转角处，果然有新发现。前面五十米处，高大的椰子树下的绿荫地上，聚集了三五十人，大多随意而立，或蹲，或坐。数名幼童正在两棵椰子树下的吊床上嬉闹，欢笑声银铃般清脆，穿透这片热浪翻滚的天空，平添了几许清凉。

循着人群的方向，目光延伸，明黄色的星星点点便跳入视线中。啊，那应该就是向日葵园了。好友欣喜地叫起来，脚步也加快了。

悠悠拿着她红色的傻瓜照相机，跑在我们前面。

终于找到你了。大约，一片美丽的风景，一个心仪的人，一段相契的缘，都需要寻找，或等待。

或许，有所期待，便同时会伴随几许怅然。眼前的向日葵园并不如我期待中那样明艳的金黄色一片，而是整体呈现近似于青灰的绿。明晃晃的阳光下，这一片园地看上去毫无生机。每一株向日葵都耷拉着脑袋，仿佛躲避着阳光的暴烈烘烤。偶尔几位游人踏入园中，强捏着向日葵的花盘，配合拍照。我这才看到那一株向日葵的真正容颜：花萼明显老去，枯萎，花蕊暗黄略呈黑色，倒是果实颗颗饱满，镶嵌于花盘上，隐约可预见它不久后的收成。此时，它不再是一株具有观赏意义的花的植株，而是属于秋天的一株累累硕果。

终究是来迟了一点，错过了最佳花期。好友喃喃自语，看得出她心中的几许怅惘。

沿着既有的小道，我们默默地穿行于向日葵园中。据悉，这里大约占地一万五千平方米，共种植十万株向日葵，属于深圳西部最大的向日葵种植基地。半个月前，这里的向日葵正值花期，热情奔放，大片大片地竞相绽放，铺展成一片金黄色的海洋，那景致该是怎样的壮观！

在南方，四季并不分明，而具有本地特色的花，最为大众所熟知的，大概就是三角梅、紫荆花、木棉花和凤凰花了吧。近几年深圳市政府致力于城市品质提升工程，各处道路两侧及中间的隔离带都焕然一新，而光明新区各个办事处的小公园，更是引入种植了各种时令花卉，比如郁金香、向日葵、玫瑰、睡莲等。但逢节假日，市民们便携家带口，齐齐拥入家门口附近各个小公园，赏花、骑车、休闲，一片热闹、欢欣。

对于这一片向日葵，我和好友无不充满期待。此时，我和她，各自举着手中的相机，相视无言，继而不禁哑然失笑。倒是悠悠这个快乐小天使，像一只美丽的小蝴蝶，穿梭于园中，一会儿发现另一片正开盛放的粉色月季和红杜鹃，高声招呼我们过去拍照。我们自然被她的快乐感染着，怅然消减几分，心情渐渐明媚。返回向日葵园中，心情便迥然不同。纵然错过花期，但正逢它结籽之际，这是一种收获，同时也提示我们，凡事随遇而安，坦然相对，不究过往，不问将来，不也是淡然心境带来心情的愉悦吗？

徜徉于阳光下，感受到泥土带来的自然气息，而向日葵花盘的清香，沁人心脾，有另一番别致。在园中偏僻处，偶尔发现一株又一株晚开的向日葵，被遗忘在群花最绚烂的绽放时刻，唯有它们，不骄不躁，不疾不徐，栉风沐雨，静待佳时，此朝花期即到，便兀自安然绽放，金色的裙袂装点硕大的圆脸庞，笑意盈盈，独自傲立于一片绿色之中。最是一抹可喜的明媚啊。

诚然，人生的路上，美好无处不在，每个人都是独一无二的主角，各自演绎喜悦或忧伤的故事。人间四季，春梅秋菊，自有其明媚风景。人生又何尝不如此？唯阳光与风雨同在，这才是真实而丰满的。善于用一双发现美的眼睛看世界，持一分淡泊超然，不刻意追崇，总会时时收获一片明媚吧。

活 着

坐了十分钟的摩托车，抵达桥头西边，这里车流如织。抬眼往桥头东边一看，山体不高，却绵延数十里，满目尽是苍翠。

付了车费，师傅问，你在这里上班吗？我未语，微笑着摇头，朋友在这里，过来看看。师傅关心地补充一句，你小心点，这里治安不太好，再往里走，全都是荒山果林了。我心里一暖，点点头，谢谢师傅！

手里拎着刚买的点心，红色的胶袋充满喜庆气息，哦，中秋节快到了，商家应景促销而为，倒也挺暖心的。

通往山林的路，也并非泥泞覆盖。但满地碎石块却也让我的高跟鞋受尽苦头。一不小心，还是崴了右脚。我痛得龇牙咧嘴，只好蹲下来歇歇。

两旁的山坡，东高西低，坑坑洼洼。果树被野生藤蔓缠绕，压弯了枝干，可怜得垂头丧气。偶尔从密密麻麻的一团藤蔓之中，探出来一枝红花，细碎却养眼，充满得意与倔强，仿佛在无声地嘲笑高大的果树被柔软的藤条逼得徒劳地挣扎。

电话响了，是朋友打来的，她说，怎么都这半天了，还没见人呢？我看看四周，除了头顶的一小方蓝天与这条荒径通向果林，只有无尽果树黑压压地铺满我的视野。在这个周末的下午，我的世界开始涌现小小的恐慌。

我强撑着起身，告诉朋友，正从桥头步行过来。她说，你沿着小路一直朝里走，不怕，我会在路边等你。也许，她也猜测到了一向胆小的我此时的惊惧。

沿途的荒草繁茂密集，偶尔有一只蜻蜓掠过眼前。我真担心脚下的碎石堆里突然冒出来一条蛇。只是一想，冷汗就直冒。十分钟后，我终于看到了她兴奋地朝我扬手。我窃笑，好像十万里长征的告捷。

这就是你的果场？满目的荒凉与不见人烟的苍茫，我的脸上堆满深深的失望。显然，她注意到了，笑着说，这不是刚开始开发嘛！两个月后，就基本可以完工，到时，这里就是一个天然氧吧、休闲山庄啦！我要谢谢我二叔，肯将这么一块风水宝地借给我。

好吧。休闲山庄，我相信你。

因为脚痛，我艰难地倚着一棵果树坐下来。朋友完全沉浸在将来山庄的美好规划中，根本无视我一脸痛苦状。

突然，我的右脚趾刺痛起来，然后，奇痒无比。低头一看，妈呀，我不由得弹跳起来——黑乎乎的一条线正气势汹汹涌地突袭我！这么多蚂蚁？我失态地惊叫！

朋友回头一看，却异常冷静。忘了告诉你，本地的蚂蚁有毒呢！快起来，别靠着树干，也不能坐在地上。

你咋不早说呢？亏你还是本地人。

此时，我听到了狗吠！不知从何处，突然冲出来数只狗，黄色的、黑色的、大的、小的！我惊恐地拉过朋友，躲在她背后。她却毫无惧色，只是低声交代我，别跑，别叫！

然后，我看到有三只大狗跑到了我进来的路口处，然后一个人影缓缓挪近。我扶扶眼镜，这才看清楚，一个头发花白的人，正佝偻着腰身，光着膀子，朝着我们走过来。

喂，你的东西什么时候可以搬完？朋友忽然高声嚷嚷。

老板，我正在东边果林那边找地方搭建房子，能不能宽限我几天啊？苍老的声音软绵绵的，空洞而缥缈，仿佛从遥远的地方幽幽飘来。

说话的是一位年过老六旬的老伯，离我们最近的时候，他选择隔着四五米远的距离，站定，双手交叠在身后，抬起头看我们，而腰身依然佝偻。这是一张布满尘垢的脸，皱纹从额头延伸到眉间，严肃而寒凉。老人身材不高，几乎全身黝黑而干瘦，宛若经年风霜中的枯树，尽显岁月沧桑。他干柴一般两条腿和手臂几乎同样粗细，在两只灰黑得看不出颜色的短裤里晃荡。枯瘦的乱发，遮住了他半张脸，也覆盖住了他的两只耳朵。或许，他有三个月未管理发了吧，我想。

唉，真拿你没办法，都提前了半个月通知你，磨磨蹭蹭的，耽误我的活！只等你快点搬走，我才好安排工人搞卫生啦！朋友叹了一口气，也不正眼看他。一边挥挥手说，去吧，赶紧点啊！把你的鸡啊、狗啊，全部一起搬走。

好的，谢谢老板！我在这住了四五年，谢谢你们关照！我刚在山上物色了一棵老荔枝树，很适合在那里搭棚。这几天我就抓紧办。老人一边说，一边弓着身子慢慢离去。几只狗跟在他身后，黑的，黄的，互相追逐着，嬉闹着。它们应该好开心，迥异于主人的心事沉沉。

我疑惑不安地目送着老伯离去，直到他消失在不远处的山脚下，那里有一座灰白色棚屋。那是用建筑工地捡拾的木板层层竖起来当墙壁的房子，屋顶有残破的灰瓦，山风吹过，灰瓦下飞荡来一些白色的泡沫纸条与塑料薄膜。

朋友知道我想问她什么，就主动开口提及这位老伯与那座棚屋。

五年前，我二叔收留了这位拾荒老人，并允许他在这片荒山林里搭棚住了下来。据说，这位老伯是湖南湘西人，年轻时犯了事，坐了二十年监，最美好的时光就耗在了监狱的学习改造中。待到刑满释放回到家里，双亲早已贫病中过世。妻子带着儿子远走他乡，早已经音信全无。孑然一身的他，站在垮塌的茅草房前，欲哭无泪。他面临严峻的生存困境，从此离开家乡，开始了漂泊之旅。

流浪了三个月之后，他得到一位好心人帮忙，买了一张到广州的火车站票。又是三个月的乞讨生活，他一路流浪到了深圳，在这里，他遇到了二叔。然后，他把家安在这片荒郊野外的山林里。每天他都要去拾荒，然后带回来剩饭菜，喂狗。这些有灵性的动物，就成了他最好的朋友。他变得更沉默寡言，宛若一个先天的哑巴。后来，他养了一些鸡，可是，鸡崽死掉三分之一，留下的即将长大，却在一夜之间被偷了几只，他气愤不已，却又无可奈何。无论怎样，每逢过节，老伯都会抓几只最肥最大的鸡送给二叔。他始终拒绝二叔付钱给他，但会坦然收下二叔送给他的旧衣裤。如今，果场修建动工，老伯生活的安宁随之画上句号。

我默默地听朋友诉说一个外地人在深圳的背井离乡的故事，一种生活的经历，在平凡的岁月里，于风雨坎坷中，卑微而缺失尊严，在社会的夹缝中艰苦求生，充满悲凉与伤痛。这不是传奇，亦无关悲壮，只是某些人的生存缩影。

不知为什么，我心里特别堵，仿佛心上压着一块巨石，万分压抑，几近窒息，无法呼吸，却又无从摆脱。

这天晚上，我半宿辗转无眠，倦怠之余，终究又沉沉睡去。梦里，晨曦微薄，远处一名老者蹒跚而来，佝偻着腰身，身后几只狗，黄的，黑的，嬉闹着，追逐着。而此时，山那边忽然升起一轮红日，霞光四射，透过老树枝丫，倾泻而下，整个世界便笼罩在一片祥瑞和美之中。

梦里，我笑了，眼角微湿。

两只气球

周一上班途中终归是带着些许倦怠与慵懒的,我也不例外。

自从闹钟第一次响起,我并未立即起床,而是眯着眼看窗帘外的天色。明晃晃的光线从窗户缝隙透射进来,带着秋日的明亮和温和,使人感到暖洋洋的。

翻个身朝外侧卧,我试图避开光线射入的一面,仍回想着昨夜的梦境,任凭怎样努力却总也记不完整。大约有些人和事,适合存放在记忆的深处,依稀留个印痕就好。

第二次闹钟响起,时针指向了七点四十五分。必须要起床了,我得赶上八点二十分的那趟公交车,才不会上班迟到。

琢磨着这样的天气我该穿长裤呢还是穿裙子。来残疾人服务中心工作半年了,穿裙子的次数屈指可数,前几天清理打包夏天的衣服时，才发现还有好多裙子都被冷落在衣橱一角，难免几分感慨。记得我初到岗时我们主任强调说，因为工作场所的特殊性，所有女性工作人员最好都着长裤长袖，这样工作起来就较为方便，我们面对服务对象时会觉得轻松自然，也让他们能接受。

清晨八点半的公交车上，挤满了年轻人。一对小情侣横向坐在我前面，女孩扎着丸子头，将头右侧倚在男孩的肩膀上，手里抱着一个米色小包，微眯着眼。我猜她一定没睡着，因为我看到那个男孩的左手搂着她的腰，偶尔俯身于她耳边说点什么，她虽沉默着，却嘴角上扬，脸上的安宁、幸福、满足，一目了然。我身边的一位年轻女士则一直在打电话，她应该是一位高层管理员吧，电话那端的应该是客户，她一直用极为谦卑的语气向对方慎重承诺说，今天下午两点前一定会将两万只产品送达你们公司，请放心，肯定不会耽误交期。每一个人都有自己的生活和工作，在最美好的时光里，绽放最美丽的自己。几位穿统一中学生服装的男孩女孩一起上车来，各拖着一个行李箱、背一个包，坐在车尾，每个人都捧着一部手机，挂着一对耳塞，他们几乎没有交流，仿佛只为坐同一台车，抵达同一个终点。中途停靠一个站台时，有个中年人探身询问司机到达高铁站吗，司机面无表情，只是默默摇摇头。中年人的眼睛里反射几分失望，张了张嘴，似乎还想咨询点什么，但司机关了门，车子走了，那个中年人重新回到站台上，回望来车的方向。但愿他能很快赶上另一辆车，顺利到达他要去的地方吧。

半小时后，我到达离上班目的地最近的公交车站台。穿过一个新修柏油铺成的停车场，横过马路，对面直入五十米，就是我们残疾人服务中心了。丁字路口西侧是村委会大门，门前空地上有醒目的黄格线提示此处禁停车辆。黄色的720路中巴行驶极为缓慢，像一个没睡醒的人，前方的行人恍若不见公交车正驶过来，仍旧不慌不忙地穿过马路，各自相安。

路口的大榕树下，早有十数人围坐闲聊，各种方言掺杂其中。也有几位大妈高声而语，说到开心处，笑声滚滚。戴蓬帽着格子裙的年轻女子，骑着电动车也到了，接着摆出牛奶开始叫卖。我们见面照例就点点头，微笑着道声早安，便擦身而过。

前方朝东方向有一条砖石小路正在修缮状态，偶尔一台电动车驶过时，带起一片漫天灰尘，路人眯眼掩鼻疾走。路面不足五米宽，纵深直入五十余米处，一座二层小楼白墙青瓦，带着时光久远的烙印，矗立在光影中，仿佛一种神圣的静穆与庄严所在。这是当地的旧村一隅，曾经有过的繁华与喧闹，都变成了斑驳的墙面和残砖断垣。屋顶上青黛雕花，依稀可以辨认出龙凤与牡丹花的模样，虽历经岁月的浸淫，仍旧执着地竖立在飒飒秋风中，默默随时光微凉。

当一个被晨光拉得长长的背影蓦然跃入眼帘时，我最先注意到的是高高飘浮在头顶的两只气球，那种经常出现在广场和热闹的街巷叫卖，被小朋友们青睐的彩色氢气球。一只是圆圆的粉红色，另一只像是两只慢慢收拢的凤凰翅膀，呈椭圆形状。它们都被两根细长的丝线牵系住，又被那人牢牢地握在左手中。越靠近这个背影，我就越看得清楚。这人一身本地装束，头顶一顶老人常戴的平顶竹笠，圆形的帽檐缀一圈黑色软质布料，随脚步起伏而抖动，仿佛舞女的裙袂随风飘动；黑底白色圆点的上衣配一条黑色的宽脚裤，脚上一双同色鞋面的布鞋。

买菜时不忘了带上两只彩色氢气球，这是怎样一位老人呢？想必她年轻时特别美，对生活充满了热爱，一直用心生活和工作着，每天都会精心打扮自己，将生活过得像诗一样充满情意。岁月也许给她的身体打上了时光的烙印，但一定留驻了她内心的青春和美丽。虽然时至暮年，她却依旧懂得善待自己，沐浴一缕朝阳，拾一份美丽心情，永葆一颗童心，生活幸福而美好！

逆光中的剪影，在我的手机里定格，如此庄严、静穆而美丽！瞬间我就被深深震撼了！那个背影步履蹒跚，却走得异常坚定而踏实，身影左右晃动的幅度极小。她右手拉一个带绿色环保布兜的简易拉杆小拖车，一小撮青菜悄悄探出绿油油的头。那个小车承载的不只是老人一天所需食用的菜，更含有她精致玲珑的心境吧。

到达办公室，我发现自己不再感觉倦怠，全身充满了力量和温暖。

一个人的旅行

朋友在微信里给我留言：一个人的旅行，不完美。然后附上一张照片，身后是一池碧水，视线尽头是绵亘的群山。视野空旷，越发显得照片上的人特别渺小和孤独。我点头默认，表示理解。他早年离婚，独自抚养儿子，现在孩子即将上大学，他仿佛突然轻松起来，于是，前些天独自驾车，开始为期半个月的自驾游。不知道他此行是否愉悦，但看得出，至少他的笑容是真实的。

想起自己年轻时也喜欢一个人旅游，但并不是自驾游，而是借助于各种交通工具，随时出发，抵达某一个城市。自然，那里必然有一个让我旅行抵达的理由。一个人，一座城，一份情缘，都能让我欣然而往，义无反顾。

虽喜欢旅行，喜欢一些新鲜的情境和事物，但我明明又是一个生性木讷、不善言辞的人，不懂得经营友情。因为喜欢旅行和写字，我结识了一些朋友，遍布国内多个城市。十多年前开始在网络上写文，做过论坛版主，做过义务编辑，也写写小说和散文，以及一些只有自己或者似乎刻意让某个人懂得的杂乱文字。如今回想起来，觉得年轻时是那么幼稚可爱。

独自旅行的人，总会心怀一份浪漫情趣，拎一个简单的行李包，不忘带上一本书。在火车上，在候机室，捧着书读，就不觉得旅途的孤独与等候的无奈。文字在眼里，情感在心里，自然就忘却了身边的一切。随身携带一本书读，或许胜过一个同行人的陪伴，它不会吵，不会闹，不会提各种要求，你完全不必考虑个人的言行对同伴的影响。只要你愿意，书籍会随时提供一份阅读的快乐，让你拥有一份愉悦心情。这份惬意与舒适，不是摆出来给旁边的人看的，而是，自我身心得到调适与放松，沉浸其中，怡然陶醉。

旅行不是一定要有一个目的地，但凡随心所欲出发的人，也许是持有一份淡定从容的心境吧。看山看水，在一些人的眼中，就是美的享受。如果旅人心绪不佳，即使山再青，水再秀，恐怕也只能算作是路过，并不能怡情养性。

旅行的人大多喜欢摄影，无论是专业人士，还是业余爱好者，都愿意花不少的精力和时间去拍摄身边的山山水水。而有的人，会将眼中的景变成文字记录下来，成为日后美好的回忆。相机也好，手机也好，就在按下快门的那一刻，心情自然是欢喜的。留给自己欣赏也好，与好友分享也好，作为旅途一种记号也好,终归是源于当时的愉悦心情。一分想念,一丝牵绊,都会让心瞬间激荡、震颤。整个世界的明媚,就在那一刻,悄然绽放。

一朵花,一棵树,一片白云,一方蓝天,一幕夜色,都是旅者的心情写照。有了这些陪伴,满心欢愉,路再远,心也不会孤寂。记忆总是与某些特定的事物息息相关,怀念某一座城市,离不开对一个人或一段情的牵念。虽然回忆泛黄,但仍呈暖色。旅人总是在奔波的路上,依次播放回忆的影像,并以此取暖。一个人的旅途,很美,不孤独。

离开家乡时间久了,村口的老树,河边的石头,暮色归鸦,无不是旅人梦中的向往。繁忙的工作,紧凑的生活,都成了阻碍旅人回归故里的借口。心像一枚断线的风筝,随风漂泊,找不到归宿。在异地他乡生活多年,也慢慢地习惯了这种快节奏的生活模式,却始终不会淡忘江南水乡那一间溪畔小屋曾经的喧闹,炊烟袅袅中,母亲的呼唤在暮霭中回荡。

如今,故乡的轮廓在回忆里日益清晰,也在梦里隐现。旅人的脚步,朝着各个方向奔波,却似乎永远也无法抵达目的地。一直以为,旅人知道自己为什么出发,了解自己想要什么,比抵达目的地更重要。执一颗简单的心,淡定从容,笑看风云淡。

我愿意,余生的脚步,在路上。

第二辑

故乡情

月是故乡明

秋风起,相思长,月圆时节望故乡

(一)

我出生于初夏的烟雨江南,初为人父的喜悦,如同火红的石榴花盛开在父亲年轻俊朗的脸庞,灿烂得耀眼。母亲的回忆里,满满都是暖暖的爱:你爸啊,把你捧在手掌心,左瞧瞧右瞧瞧,怎么也看不够似的。母亲每每提起当年,脸上总是爱意盈盈。

那是石榴花开的季节,石榴花的花语是朴实无华、多愁善感,而且它具有老气、过时的感觉,但我一向理解它为平凡、质朴、孤独、与世无争。多愁善感是一个女人柔弱的性格特征，往往是她的软肋。半溪流水，一钩弦月，几瓣残花，一片落叶，一帘秋风，都足以牵引我过于发达的泪腺波涛汹涌。

而我，尤为钟情秋天，一个回忆丰满、适合怀念的季节。

最近迷上了著名湖湘诗人起伦老师的长诗，关于家乡，关于亲人，关于情义，他的诗作多半完成于秋天。他的诗里，秋天是一个迷人、醉人的季节，但他并不伤秋，也不悲秋，反而觉得秋天是深情的，值得追忆的，他对秋天有一种特别的感觉，在内心营造了一个诗意的秋天，让自己的灵魂得到安静。我喜欢读这样的诗、赏这样的景，敬重这样的诗人。我还想补上一句：秋天，是适合回忆和怀念的季节。读起伦老师的诗，思绪腾跃在辽阔的深秋，我，更加想念故乡，想念我的父亲母亲了。

中秋节这天，整个朋友圈都在争相晒美食、晒祝福、晒团圆、晒故乡……铺天盖地。于是，遥望江南的方向，我又黯然神伤。

这个中秋节的夜晚意外地没有月亮出来，晚上八点开始的一场雨，淋湿天空，也淋湿了我思乡的情愫。因了平时偶尔问候他们已是惯常的举动，反而逢节假日我不想刻意致电，恐扰了远在家乡的父母过节的兴致，无端牵出忧伤。

但这时我忍不住拨通了父亲的手机，响了不到一秒，我就听到了父亲在电话那端呼我的乳名。在父亲心里，仿若我仍是那个不谙世事的孩童，而他时时在盼着，等待我的来电。

眼睛一热，我准备好的节日问候台词，居然被堵在喉咙口，吐不出，也吞不下去。

倒是父亲先开口，他祝我节日快乐，又问，奈子呢？峰哥呢？我说他们一个去打篮球了，一个去散步了。宸宝在武汉学习也紧张，他舅舅让他来湖南度假，他说报了雅思学习班，要补课。父亲接过话头说，你现在好了，两个孩子都长大了，懂事了，不像以前少不更事的样子。父亲言辞间充满愉悦，对俩外孙的表现甚为欣慰。

父亲一向不善言辞，平时通电话时，也是我主动找话聊天，但这次不同，他居然问起我工作上的事来。我知道，他是听母亲说起我一度想辞职的事了吧。

工作太累就放弃吧，毕竟身体重要。父亲劝慰我，他得知我暂时尚未放弃工作，也知晓我一向是要强的人，并不甘平淡无奇的生活。提起这回事，我方知父亲一直惦念着我的身体。只因前阵子我体检时查出一些小问题，虽无大碍，但也在服用中药治疗，父亲和母亲得知后终日为此忧心，让我深感歉疚。电话中，我故作轻松地笑说，没事的呢，现在复查过了，一切都好了，请二老放心吧。

我亦深知，儿女们行走再远，也走不出父母的牵挂。

（二）

父亲是独子，到有了我弟，也属单传。当年母亲连续生下三个女儿后，人家议论纷纷，说，生不出男崽就算了，干吗争这口气呢，女人何必苦了自己。祖父佝偻着背，在外屋抽着旱烟，不出声，而父亲默默地看着他，也不出声。只有一旁的母亲，抱着襁褓中因缺母乳而哭闹的三妹，抹了一把眼泪，默默地进了里屋。过了两年，老四弟弟出生了，父亲很是开心，老祖父挺了挺弯曲的脊背。

因此，如今，母亲老是揪父亲的辫子，说他重男轻女。父亲也不还击，只是呵呵直乐，说，男女都一样，瞧瞧，我还不是享女儿们的福嘛。

说起父亲的短，母亲总是嘴不饶人：爱抽烟，爱打小牌，年轻时不懂积攒，四个儿女的学费，从来未曾操过心，都是她提前半年准备好。父亲低着头，像是做错事的孩子，任由母亲唠叨，但脸上仍然笑意盈盈，冷不丁补上一句：谁让你妈那么能干呢？我们一听都乐了，不知这话是不是在褒奖母亲呢？

其实，父亲年轻时是极其聪明能干的。我记得，那时候，父亲作为小分队的保管员，账目记得一清二楚，而且公私分明，从来不占公家的便宜。闲时，父亲学会了补鞋、酿酒、烧砖等技能，借此赚取一些外快，贴补家用。而母亲则会做一些手工，腌制一些土特产品，逢年过节上街道摆一小摊，一天也能挣些小钱。在算账与预算方面，母亲是天生的好手。所以，虽然我家人口偏多且收入不高，却也能将日子过得有声有色，多半归功于母亲。

直到现在，母亲仍能在小区围墙下的斜坡上，见缝插针地种上几样时令蔬菜，和弟弟全家共六口，时时都吃得上新鲜的绿色蔬菜，有时还有剩余，就送给周围的邻居，为此母亲甚是得意。

（三）

母亲常说我们姐弟这辈子必定好福气。我明白，她说的是我和三妹有一次遇水险而逢凶化吉的事。那次是父亲救了我们两姐妹。

我七岁那年，冬天新挖的河堤，旁边留下十数米深的坑洞，到了次年夏季，浊黄的河水上涨，很快就淹没了这些坑。不知情的人，根本不知道危险的存在，一不留神，就可能掉落进去，被河水淹没。

夏天的河水特别清凉，河湾的浅滩就成了孩子们嬉戏的天堂。有一种水草很长，轻易就能拔起来，将其首尾打结相连，就能制成一个简易的渔网，只需两头拉紧，从河滩较深处往岸边围合，雪白肚皮的小鱼和小虾小蟹们就活蹦乱跳地束手就擒。我们一班小伙伴，通常七八个人一起玩，每次都能满载而归。

危险的事情终究发生了。一天，我们正玩得兴起，在临近深坑时候，全然忘了危险的存在。就在一瞬间，我和三妹同时踩空，掉入深坑，随即被湍急的河水吞没。同行的小伙伴们被突如其来的状况惊吓到了，不知所措，一哄而散，只余下年幼的二妹蹲在岸边，看着湍急的河水无奈地哇哇大哭。

一个下河洗菜的村姑瞥见了异常，赶紧呼救。当时，父亲正在离出事地点不远的亲戚家。于是，他飞奔而来，一跃而入河中。他潜下水多次，都未能捞到我和三妹。而后闻讯而来的村民们陆续跳入河中施救，也未找到我们姐妹两个。父亲顾不得喘息片刻，连续扎入水中摸索。最后一次，终于捞到了一件衣服的尾角，因为河水湍急，稍不留神，就可能被冲开，他只能慢慢地顺势收拢，直到拽住我整个人，在旁人的帮助下，把我拉出水面。而令他欣喜的是，同时被捞出水面的，还有我三妹。她正紧紧地拉住我的一只手，父亲庆幸两个女儿同时获救，流着泪，对着河流和天空连续磕头。

后来，父亲和母亲更多地行善，感恩家人受到的保佑。

（四）

父亲和母亲感情不算特别好，却又分不开，在一起大半辈子了，磕磕碰碰的，小吵无数次。据说，当年母亲因为家里兄妹众多，不得不早早出嫁，而父亲的祖父是私塾老师，家境还算中等，是家里的独子。在外祖母的逼迫下，母亲二十岁那年当了父亲的新娘。父亲长得高大英俊，但文化程度不高，对此，母亲多少有些不情愿。后来，母亲生下我，父亲视若珍宝，父爱泛滥，这才换取了母亲的几分好感。从我记事起，就看到母亲总是有意无意地嫌弃父亲智商不如她，于是，引发一番口角。母亲善辩，总能让父亲俯首投降。不肯认输的人又总是寻机"东山再起"，却又不得不口是心非地臣服。如此反复，时下算来，两人不分胜负的"酣战"已近五十载,仍乐此不疲。

几年前,年过六旬的父亲在乡下亲戚家喝喜酒,受邀通宵玩牌,一早坐摩托车时,遭车祸,右脚掌受重伤,送医急救无效,后来只好接受了截肢手术,以致行走不便。这事,让母亲急火攻心,对父亲又怨又恨又怜。也许是遭遇到了太大的打击,父亲陡然之间变得思维迟缓,处事不如从前果决。面对父亲的无助,我一边劝慰满腹怨言的母亲,一边宽慰父亲大难之后一切顺利。

刀子嘴豆腐心的母亲,终是对父亲细心照顾,呵护有加,而嘴里仍然是对他无休止地抱怨。我们听着,也只是浅浅一笑,连夸母亲聪明又能干,养育了四个儿女,均培养成了大学生,而父亲也是前世修来的福气,娶了母亲这样的能力与智慧兼备的女子做伴侣,一辈子都不用操劳,事事省心。母亲闻言,总是不好意思,娇羞一笑,全然忘记怨言和不快。

我记忆中的父亲是一个极其强大的人,从来没有他跨不过的坎,所有的难题,都能在他手中迎刃而解。作为男人,他的坚强、责任感、解决问题的能力,让他在我们心中的形象十分伟岸。

家里的房子几次修葺,都是父亲带着母亲亲手完成。在我童年的那些夜晚,父亲和母亲从来没有睡过一次完整的觉,总有干不完的活。那时候的月光特别清澈,铺天盖地倾泻下来,世界亮堂堂的。这正适合父亲和母亲忙乎,他们的精力似乎永远都用不完,也永远都那么开心。

上初中的时候,我要去离家几公里的地方,父亲就自己购置了一些自行车零配件，再用其他旧车的配件拼凑在一起，这样，我有了一辆专用的自行车用来上学。那时候，像我这样有一辆自行车的孩子不多，所以我特别开心、特别自豪。

家境不算充裕，生活条件自然不太好。但是，逢年过节，父亲总是不顾母亲的反对，买回来半斤肉，我们全家吃上几天。六一儿童节的时候，父亲给我们姐弟几毛钱，我们欢天喜地，终于可以购买心仪已久的图书了。在我们的学习教育方面，父亲和母亲基本上意见一致，不会产生太多意见分歧。

我们姐妹上高中的时候，就要去几十公里以外的县城了，学校规定，寄宿生每周末才能回家一次，父亲就亲自砍伐树木，动手做了两个木箱，给我们用来储装衣服等。箱子外面刷了一层绿色的油漆，由于油漆不够，其中一只木箱还有两个面未能刷到，我出于自私，就先选了那个全漆的木箱，二妹也无争执地选择了另一个。现在想来，我心里仍觉歉疚，那时，我为何不懂得谦让呢？而父母亦无意责怪，任由我率性而为。这也是他们对女儿的宠溺吧。

（五）

我们姐弟四人的嫁娶，是父母最为关心的事。二十年前的冬天，父亲和母亲不顾晕车的痛苦折磨，坚持送我远嫁至邻省的武汉，这是他们的第一个子女正式告别这个家庭，离开他们。他们感到些许宽慰，因为邻居眼中大龄女儿终于出嫁了。但更多的是不舍和担忧，他们实在未曾料到，女儿会选择远嫁,去一个陌生的城市,开始人生的新旅程。但是,他们强忍住不舍的情绪,满脸含笑,叮嘱女儿孝顺公婆,主持家务,勤俭持家,还有,一定要抽空常回家看看。第三天,父亲和母亲踏上返程的火车,而我,在他们的祝福声里哭成泪人。后来得知,第一次出远门的父亲和母亲,因为舟车劳顿,加之本来就晕车的体质,路途中呕吐不止,被折腾得精疲力竭,回家后休养了好些天,身体才完全康复。

弟弟大学毕业,父亲和母亲商议着,让他们最小的孩子尽早地买车买房娶媳妇。我在深圳工作和生活多年,觉得南方的城市发展空间更大,于是,建议弟弟来深圳找工作。但也许是性格和命运使然,弟弟来深圳折腾了一个多月,仍然选择了回老家工作。父亲和母亲没有半点强迫,也无丝毫责怨,只是尊重我们的决定。懂事孝顺的弟弟希望能留在老家,找一份安稳的工作,陪伴父母,对此我深表赞同,也借此稍稍弥补我多年不在父母身边对他们的亏欠。后来,弟弟在父母的支持下,卖掉旧房子,然后利用住房公积金贷款,购置了一套一百三十平方米的新房子。搬家的时候,父母笑得合不拢嘴。

二〇〇三年初夏,弟弟结婚,弟媳特别贤惠孝顺。他们先后生下一双儿女。父亲和母亲悉心照顾一对可爱的孙儿孙女,每天看儿孙承欢膝下,安享天伦之乐。

前天中秋节晚上,母亲在电话中开心地告诉我,孙子六宝快十个月了,机灵可爱,特别顽皮,现在能靠墙站立很久,可能很快就会学走路了。言辞之间,满是喜悦和满足,幸福感爆棚。

（六）

父母有一个心愿，我们都知道——去北京瞻仰毛主席遗容，看升旗，逛逛天安门广场。这是辛苦了大半辈子的父母共同的心愿。

父亲还未出车祸前的那几年，由于弟弟和妹妹忙于工作，买房装修，就由父亲自告奋勇当监工，也就耽搁了前往北京的行程。直到二〇一六年夏天，二妹趁着暑假两个月的空闲时间，坚决要带父母前往北京。而母亲竟推辞，嫌天气太热，不便出门。打听后方知，母亲因为获悉往返机票加上中途费用，人均达七千元，她不舍得，才刻意推辞。而父亲更是借口自己行动不便，不愿前往。姐弟合议后，建议父亲和母亲同往，全程辛苦二妹陪同，至于费用，三妹夫更是决意由他独自承担。但后来大家达成共识，这笔费用由姐弟四人均摊。然后，我们轮番劝说父亲，不用担心不方便，所到之处的景点都有观光旅游车，费用不高，既观赏了地域风景，又省了气力，还很安全。最终还是说服了父母，确定了双飞北京七日游。

每天由二妹在亲友群里发布最新行程和景观照片，我们统一评分和点赞。而母亲也学会了用微信发布照片，我看到了二老发自内心的欢喜与愉悦。照片中，母亲笑容灿烂，精神饱满，而父亲亦紧靠母亲身边，重心略倾向母亲，笑得那么坦然和舒心。在天安门楼前，父亲和母亲笑眯了眼，身后的毛主席巨幅画像是他们心愿圆满的见证，让我看到了他们心愿实现的满足和开怀。

在八达岭长城，母亲兴奋得像个孩子，高举双臂，似乎在大声宣告：长城，我来了！不到长城非好汉！而父亲借助特殊交通工具，也到达了长城上面，他戴着一副墨镜，原本高大的身躯，显得玉树临风，气宇轩昂。当他听到我们如此评价他的时候，咧嘴哈哈大乐。

估计他们第一次见到大海时，也是同样的兴奋和开心吧。去年初春，在弟弟和弟媳的"威逼利诱"之下，父亲和母亲终于同意离家半个月，来南方小住。那个周末的上午，我请朋友开车，载着父母，沿着龙大高速，转福田，直接抵达深圳湾。那里，有一条长长的沿海风光带，阳光明媚，清风习习，天气正好，我们漫步在海边，看潮涨潮落，观海鸥低飞，海风掀起波涛阵阵，拍打岸边礁石，卷起层层雪浪，煞是壮观。

母亲是近视眼，而父亲则相反，越远看就越清晰。当我们行走至某一段拐弯处，抬眼就能看到长长的跨海桥，父亲听说海那边是香港时，显得特别兴奋，对母亲表达心中的感叹：没想到我们这辈子，还可以离香港这么近，还可以看到香港的房子！我接过父亲的话茬说，下次办理港澳通行证，我带你们过去香港和澳门逛一逛，感受一下那里的风情。母亲乐呵呵地回应我说，那还是别去了，去那里住一宿吃一顿饭不知花多少钱呢，而且语言不通，咱们现在能看到海，已经很满足很开心啦！闻言，我心里陡觉一酸，这就是我那可亲可敬的父亲母亲啊！一生都在节俭，只会一心一意为儿女着想，体谅我们，从未想过善待自己。这就是我心中大写的父亲和母亲。

（七）

一念秋风起，一念相思长。也许是因为年龄的增长，莫名地，对故乡的思念越来越强烈，就在秋高气爽时节，我毅然决定，无论如何都要回去看看它。

去年，我提前订好了高铁往返票，在国庆节时，终得以圆梦故乡行。

虽然心里千百次地想象它现在的样子、它与我童年记忆中的不同，但它仍然以二十年前固有的模样，固执地定格于我的脑海中，坚不可摧。

十月三日，雨过天晴，午后阳光正好。弟弟开车载着我们一行四人，半小时后抵达家。乡间不太宽敞的水泥路上，车速很慢，我可以感受到风轻轻地扑面而来，夹杂着青草和泥土的气息。

临近村口时，我执意下车步行。此时，我的心开始沸腾，夹杂着欣喜与感动。这片生我养我的土地，就在脚下，如此质朴，如此厚重，如此亲切。

犹记得，三十年前，第一次离开故乡，前往县城就读高中，在校住宿后首次月假，我乘车回家，在村口下车后，走在田间小路，亲抚路边的杨柳枝，摸摸野草野花，忽然间眼泪簌簌直落。也许，没有人会懂得一个十五岁的少女彼时的心情吧。

时光易逝，转眼就是春秋三十载。此时，心情雀跃，脚步轻缓，聆听故乡，一切如此安静美好。

渐渐地，路途遇到熟识的人，乍见一怔，忽而咧嘴大笑，指着彼此，啊，是你？回来了？我亦笑着回应，是我，回来了！一边，眼睛就湿了。

踩在坚实的土地上，我仿佛可以感受到它传递过来的热度，是一种温暖的力量，那是对游子的亲切召唤。西边的小河湾，柏杨树哗啦啦地直唱歌。童年记忆里的一幕幕，从脑海中跳出来，如此明晰如昨。用石头堆成的矶头湾不复存在，只有成片的苍翠，静静地述说岁月的变迁。

以前宽阔平整的堤坝，如今瘦削得只余一半，而两侧堤坡上长满杂草，不见三十年前那种大片大片的灌木丛。那时候，和我二妹一起，各抢一把镰刀，早出晚归，拖一平板车野柴回家，那常常是邻居拿来训导自家孩子的勤劳示范教材。

终于缓步到旧屋台，西边临河边的茂密竹林消失了，屋后数株水杉，树干刚够一人合抱，树梢已盖过三楼顶。屋前的两株桃树也不见了踪迹，倒是让人心生几许唏嘘。世间一切事物总是在更迭，不问去向，不究来路，顺其自然吧。

倒是屋前西侧两三畦青菜，郁郁葱葱，煞是让人心生欢喜。目光延伸向西，菜垄下方，一个杂草覆盖的土堆，孤零零地矗立着，两株青松却被野生的藤萝缠住了树身，弯曲得失去了成长的方向。此时，心底蓦地一颤。爷爷，您，好吗？两大颗泪珠，滚落下来，落在脚下的土地上，我始终未能控制住。

弟弟提议去从前的田地走走，我默然随行。在斜行的坡道一边，有一条新踩出来的小径，可以让我们节约时间到达坡下的橘园。欣喜地发现，居然还存留有几株父亲数年前种下的柑橘树，而且，虽然无人打理，它们却倔强地硕果累累！我们谁都不忍采摘，唯恐惊扰了它们。绕行过去，就走在了田间主道上，两边是正在开花结果的棉花地。据说，今年的棉花收成特别好，而且价格也比往年要高很多。听到付叔说到这个的时候，我可以看到他脸上明澈的欢喜，他家今年种了好几亩棉花呢。

田间主道往东边一百余米后，就与一条南北的沟渠汇合成丁字形，几块石板搭成简易的桥。沟渠原本是村里的主要灌溉要道，不过，现在，干涸得可见沟底的裂缝。忽然想起，十岁那年，我看见父亲被断裂的石板桥卡住了腰，我惊恐得大哭，看见他被人抬起来，送进了医院。所幸，那时候，壮年的父亲身板坚实，几天后出院，他又能下地干活了。

跨过石板桥，眼前金黄一片，秋天的丰硕就是一张油画，漫天盖地在视线里铺陈，一直延伸到远处。

稻子熟时，收割机就在田间忙碌开了。阳光倾泻，所有的景色会变得更加亮丽清新。风很轻，狗尾巴草临风而立，几只蜻蜓振翅其间，逗弄得它微微颤动。路边有八月播的秋黄豆，枝叶茂盛，但只要蹲下来细看，会发现，毛茸茸的果实鼓鼓胀胀，缀沉了枝节，那是低调的丰收呢。

风儿拂过面颊，携带着泥土和青草的清香，儿时记忆就如此被唤醒，如此顺理成章。相隔数十年的秋天，又一次与此重叠。眼前的田埂上慢慢地浮现出那些未能悉数叫出全名的人来，扛着锄头，挑着竹筐，牵着水牛，吹着口哨，追赶着嬉闹的孩子们……我发现自己心里格外暖意融融，于是，恣意放纵着眼与心，一同沉醉。

我想将眼前的一切收录下来，于是，手机替我达成心愿。我贪婪地拍摄，不断地变换角度。整片田野的每一处角落，都在我的手机里定格成经典。这是我此次故乡之行最大的收获，也将是为我缓和思乡之痛的良方。

在弟弟的一再催促下，我才始觉日落西山，该回了。刻意不原路返回，于是，我并非意外地重逢了那一口池塘。幼时曾经泡过澡，摘过菱角，抓过鱼虾的地方。此时，半亩方塘周遭杂草丛生，浑黄的水面无法映照出蓝天白云。心里喜忧参半，我只有怅然离开。抑或，这里的欢笑，只属于久远的记忆。

返回时，纵万般不舍，我也只能强忍在心头。任风儿轻抚我的长发，任余晖晕染无边旷野，漫步田野间，我缄默无言。也许我的沉默让气氛变得凝重，夹杂几分离伤。弟弟轻声说，姐，有空就回来看看，我陪你。我点点头，无语。此时的心情，只有拂面的风儿懂得，只有脚下的大地懂得，只有历经岁月洗涤的游子之心懂得。

一路无言，任故乡在身后渐行渐远。

(八)

丁酉年（2017）的中秋节，月亮躲进了厚厚的云层。我提着一盏纸糊的红灯笼，牵着邻居家的可人女娃儿，慢慢地穿行在广场上如织的人流中。

手中的电话，牵系着来自远方亲人的思念和温情，也送去我对他们的节日问候和祝福。

我问母亲：你们吃了月饼吗？电话那一端连连说：吃了，吃了，你三妹带了好多回来，都是品牌月饼，我还送了一些给邻居们了。他们都夸我好福气，儿女个个孝顺，事业有成，我这辈子最成功的事，就是养了你们四个优秀的儿女啊。我听到母亲舒心地笑了。我抱歉地说：今年国庆假有八天，但因为一些私事，我没回来陪你们过中秋节……话未说完，母亲就宽慰我说，没关系，没关系，你忙你的，有你大妹二妹和弟弟及孙子孙女们陪着，我们也一样开心幸福！你是不是还要加班啊？要注意身体，再过几年，俩宝都大学毕业了，你也该好好地休养一下了。闻言我心头一暖，无论我走得再远，有多年久，在父母的眼中，我还是那个他们怜着疼着惜着爱着惦着的孩子啊！

父亲接过电话跟我说：年底你们早点回啊，弟弟家的宝宝摆酒庆周岁呢，好热闹的。我连连应允说：肯定会早点回来的！明年的端午节，正值父亲七十大寿，我还打算请假一个月，专门回家小住，陪陪年迈的双亲，带他们再去看周围的世界，欣赏人文美景。作为儿女，我这几十年在外劳顿奔波，未能在父母膝下尽孝，这是我最为歉疚的事。而眼见着父母一天天老去，生命进入倒计时，我还有什么理由继续犹豫不决，继续侥幸地等待呢？

此时，瞅着照片中父亲和母亲沟壑纵横的脸刻满岁月流逝的痕迹，我心里无比酸涩，感喟，时光啊，你可否再慢一点，让我好好地陪伴白发双亲，听他们唠叨过往的酸甜苦辣，听他们叙述陈年旧事，听他们细数如今儿孙满堂的幸福和喜悦！

亲爱的父亲母亲，当儿女年幼时受宠于你们，尽享无微不至的照顾和关爱，是你们全力以赴，为儿女们遮蔽风雨，陪伴我们一路披荆斩棘，直到雏鹰伸展出丰盈的羽翼，自由翱翔于广袤蓝天。在父亲和母亲深情的注目下，我们如同风筝被放飞、远行，而牵系在父亲和母亲手中的线，则是我们回家的路标啊。而如今，时光消逝，父母日渐老去，皱纹满面，青丝变成白发，身形不再伟岸，脚步蹒跚，慢慢地，他们就老成了我们的孩子，需要我们来呵护，关爱和照顾，这本是一次爱的轮回。只期望，我能沿用父亲和母亲当年爱的方式，一如他们坚韧的爱和百倍的耐心，悉心陪伴最爱的亲人安享晚年幸福。

如此，今生，我亦无憾。

夜渐深，阳台上清辉如水，不知何时，头顶早已一轮满月高悬。

哦，月儿圆了。

行走异乡的温暖和感动

独自行走在幽静的湖北省黄冈市遗爱湖湖畔，斜阳拉长我的影子，投射在木栈桥上。我看着它，嘴角上扬，心底泛起浅浅的笑，不再觉得孤单。因为，我并不是一个人。

沉醉于夕阳的壮丽，西边的云彩漫天绚烂，有一种磅礴气势，正以急流勇退的姿态，壮烈地谢幕。

视觉的丰收，强烈地冲击着我内心那一份沉寂的孤单。拨通一个熟悉的号码，淡淡地诉说这里的傍晚是多么美丽迷人！而湖畔的一排小石凳，孤身只影，它们在为谁静静守候？电话那一端，对方只是笑，而我明白，他一定懂得。这便足够。

在本地文学论坛里，幸运地结识一位年轻朋友，他是记者，睿智、幽默且热心。隔着屏幕，我们简短地交流，偶然得知双方都曾生活在南方同一个城市。于是，在这方陌生的土地上，我找到一份由衷的亲切感，很是欣然。

感谢他的建议，促成我下午的长江轮渡之行。四十分钟的车程，将我带到浩渺长江十里堤岸。

四月的阳光温和明媚，天空明澈如洗。江风徐徐，来往船舶缓缓驶过。江洲芳草萋萋，岸边乱石林立。看江水掀起层层白浪，恣意拍打堤岸，浪花飞溅，自感心境豁然开朗，心旷神怡。

忽然忆起苏东坡那一首《念奴娇·赤壁怀古》："大江东去，浪淘尽，千古风流人物……"烟波浩渺，大桥岿然而立。乱石扶岸，白浪如雪，赤壁仍在，东坡何处？小乔依旧盼周郎。远眺碧空天际，烟淡水云阔。

初来乍到的拘谨与不安，早已随着时日的推移而渐渐消退。每一个陌生的面孔，都写着淳朴与真诚。微笑的眸子里，映射出灵魂的善意。

我时常感动于这一份份陌生的温暖，也顺理成章地依赖着、信任着。公交司机热心地告诉我，在哪个站下车，右转二百米，可以买到新鲜的牛肉和虾蟹。书报亭的大姐递给我一杯热气腾腾的毛尖新茶，坚持让我坐在她的小木椅上看书。而春日里的阳光，暖暖的，紧紧地包裹着我。电脑城的小伙子修好了我的无法打字的笔记本，然后告知我他的维修部有从不关闭的Wi-Fi，密码是……傍晚六点半的广场准时响起动感舞曲，一张张陌生的面孔全是盈盈笑意，她们故意放缓舞步，让我这个初学者不至于太尴尬。好山好水养好人，无可抗拒地，我深深地爱上这片人杰地灵的乡土，迫切地想融入其中。

原来，我一直都不孤单。每一份真诚，每一份善良，每一抹笑颜，都是这个春天里最美的风景，温暖我客居异乡的心，让我感到不再独行。它将永远陪伴着我行走在人生旅途中，令我始终面带微笑，心怀温暖，淡定从容。

湛江"年例"趣事

小丫头惠清是广东湛江人,是我在深圳认识多年的义工朋友。春节前半个月的时候,她在我们的义工群里热情地邀请几位相熟的朋友去湛江参加本地特色活动吃"年例"。当时我非常期待能够参与,因为上班走不开,未能成行。安叔和兰姨夫妻俩退休赋闲在家,他们乘坐长途汽车,前往湛江。

"年例"是粤西地区特有的一种民俗风情活动,主要集中在茂名、湛江一带。节庆活动丰富多彩,以群体祭祀祈祷风调雨顺、人丁兴旺、国泰民安为主题,举办庆祝活动的规模甚至比过春节还热闹,一般有游神、舞狮、节目表演和宴请亲友等节目。

安叔和兰姨受到惠清的热情接待,在茂名小住三五天,他们每天都在群里发布参加"年例"的活动照片。除了拜神和舞狮的照片外,他们分享最多的还是当地美食。被邀请去参加"年例"的人,不用送礼,还能收到主人家的祝福小红包。当时,我和其他几位义工朋友就笑称,有机会一定要去茂名吃"年例"。

受一位湛江朋友所邀,正月初四我也有幸亲历了这个粤西特色民间活动,特别感慨本地村民对此活动的重视与投入的高昂热情。

从深圳驾车五小时抵达湛江市,一路上畅通无阻。事前,我上网了解了关于"年例"的一些简单知识,也更提升了我想参加这个特色活动的期待值。正月初四下午四点,我和茂名的朋友会合,行经茂湛高速,从杨梅出口下来,直接进入湛江吴川市境内。此回我们前往的地点是吴川市板桥文垌村,朋友的同事住在这里,他是邀请我们参加"年例"的主人。

车子又行驶十多分钟后渐入村镇腹地,一条仅供两台小车并行的水泥路弯弯曲曲,很少见到高楼大厦,视野特别开阔。沿途村舍由零散坐落开始变得集中繁密起来,大多是两层小楼,偶有一家门前搭起了红色的帐篷。同行的朋友解说道,这一家帐篷搭得不大,只能摆下五六桌,说明他们家在经济实力方面还不算最好的。本地民俗办"年例",通常都是谁家摆的桌数多就证明他家经济条件好,而且人缘好,这一年的运气和财气就会更旺。

车子越往前驶入,就越来越塞车,来往的车辆特别多,都是因为"年例"这个特色活动吧。在曲折的乡间小路上行驶近四十分钟后,终于抵达了目的地。只见几个年轻小伙子正在村口挂起一条横幅："新年文垌村全体人民欢迎您"。我们同行有三辆车，均不约而同停下来拍照，那几个小伙子十分开心地配合，将横幅放低再拉直，以便让我们获得最佳拍照角度。笑着谢过，我们直接驶入接待我们的主人家。

此时是下午四时半，我们还算是到得较早的，路边只停了少数几辆车。阳光温煦，风也轻轻，主人笑着从家里快步出门迎接，安排好我们有序停车，再引我们进入客厅喝茶、歇息。

主人家是一户三层小楼，带有一个小庭院，而外面门口早就架起了两口土灶，两名厨师和五名帮工正有紧张有序地做准备。据了解，本次年例的游神祭祀活动上午已经举行过了，我们能亲历的就是吃"年例"，也就是参加本地美食宴请活动。

按捺不住好奇心，我悄悄地跑去偷看厨师在做什么准备工作。一名男厨师背对着西边慢慢下沉的太阳，他看起来四十岁左右，戴一顶深蓝鸭舌帽，系同色的围兜，坐在一方厚实的圆形砧板前面，正在认真切鱿鱼丝。他那么投入地工作，丝毫也未曾被我手中的相机影响，也许他心中最关心的，是今晚由他主厨的这二十桌宴席的内容吧。由几张木门拼凑成的案桌，依次堆放着已经卤好的整只鸡，色泽金黄，散发着诱人的香味。另外一盆子里有已做成半成品的八宝饭、回锅肉、发菜等，若是哪位客人看到，也会不由自主地被诱惑吧。我也不例外，喉咙里有只馋猫挠痒痒，口水都要流出来了，只能想象晚上开始吃饭时这些美食该从哪一道菜开始下手。

土灶是由红砖块垒起来的圆形，约半米高，灶内塞几根圆木，烈焰熊熊。灶上的大铁锅里搁置了两个不锈钢蒸笼，正往外呼呼冒着白气。

我打算沿着文垌村主人家西边的大路在这里走一圈。这里几乎家家都在办年例，只是规模不一，大都是在自家房前屋后搭一帐篷，按客流量预计着架上适量的桌子。后来得知，本地办年例是有时间制约的，虽然未有明文规定，但大家都按习惯来，约定俗成。同一个镇上的不同的村，按以往的惯例，哪几个村同时在哪一天办年例，另外几个村同时在另一个日期办，这样，就错开了人流和车流。否则，整条路会拥堵得水泄不通。纵然按村分流办年例，但车流和人流仍然不少，有的地方必须由交警指挥疏导方可通行。这种热闹拥挤的状况更凸显出了本地群众对这项民俗特色活动的热衷与对美好生活的向往。

趁着时间尚早，我绕着村子走了半个圈，听到鼓乐声时候，我兴奋起来，脚步轻快地赶过去。原来是文垌村村民集体出资邀请了一个歌舞团为本村的年例活动凑兴。临时搭建起来的舞台，看起来不大，但也能容纳十二位姑娘跳印度肚皮舞，一帮年轻人身着色彩斑斓的演出服，或歌或舞，台下的娃娃们欢快地追逐，年长者则立于舞台两侧，笑眯眯地欣赏节目。下午五点的阳光不再强烈，从西边倾泻下来，将每个人的影子裹上金色，柔柔的，暖暖的。这样的欢乐时光，大概每个人都能感觉到幸福的真实所在吧。

一个四五岁的小男孩，正专注于玩手中的肥皂泡泡，仿佛对舞台喜庆的歌舞根本没兴趣。只见他将一根塑料细棍伸入更大更长的塑料管中，拉出来，噘着粉红的小嘴巴对着蘸满肥皂液的细棍一吹，成串的泡泡就在他头顶飘起来，升上去，有轻风托着，飘得更远一点，金色的阳光铺下来，变成一串彩色的气球。小男孩咧嘴乐了，跟着泡泡飘走的方向追，脸上泛起一抹红色，是那么纯粹的开心。

　　手机响了起来，原来主人家马上就要开始"年例"的晚宴了。此时，我正路过一家尚未修葺完工的房子。门前右侧有一堆黄沙，一只大黄狗匍匐在上面，两只眼睛微眯，似乎在偷看路过的人。我举起相机对准它的时候，居然被它发现，但它并未表现出不乐意。我按了一次快门，感觉对照片不太满意，于是变换了一下角度，挪近一点，这时，大黄狗好像不太乐意了，站了起来，瞪着我。这个举动很突然，吓了我一跳。有可能它会进一步行动，或许它会自行离开，也或许它会朝我冲过来。想到后者的可能，我赶紧自觉地快步离开。

　　此时，主人家庭院内厅和外面帐篷下，早已经人声鼎沸，朋友朝我挥手，示意我和他们同桌。太阳已落山，但天色仍很光亮，我拾级而上，顺便数了数年例晚宴的桌数。好家伙，居然有十四桌。第一道菜是猪舌蒸发菜，已经摆放在餐桌上了。我看到桌上除了十套一次性碗筷，还有一袋葵花籽、两支瓶装"天地壹号"，五听罐装饮料，两支瓶颈系着红绸带的白酒。

　　大家开始吃起来，一道道菜依次上桌，后来上桌的菜就摞在先前上来的菜碟上,一会儿,桌上就堆得满满的了。我们没说话,只顾埋头"大干"。令我惊讶的是,有一道菜居然是一碟子切碎的酸菜。难道酸菜也算一道菜?在我看来,这只是我们平时吃稀饭时的辅料,根本不能当成一道菜来待客的。朋友见我一脸不惑,笑着解说,这道菜上来,就表示整个菜单都满了,客人们吃饱就可以告辞走人了。哦,我连连点头,原来如此。

我点了一下数,满满一桌子菜,除了一个汤和一个酸菜外,包括猪舌、回锅肉、鲜虾、鲍鱼等在内,一共是十二道。这真是一个好数字,十二,不就是寓意月月红吗?当我把"12"这个数字说出口的时候,同桌的客人不约而同欢呼起来:天天都是好日子!月月红,月月红哟!

大家吃得不亦乐乎,互相举杯庆贺,说着新春祝福语。这时,一个老奶奶佝偻着脊背走到我面前。她满头银发,大概八十多岁了吧。我发现老人手中捏着一沓崭新五元人民币,嘴里嘟囔着什么,我一句也听不明白。幸好朋友懂得本地话,就跟我解释说,这是主人家的老奶奶,要为我们送上新年祝福,给每人发一张五元纸币。我连忙起身,弯腰,双手接过来,向她道谢。老人绕着我们一桌人走了一圈,每个人手中就多了一张五元纸币,满心欢喜。朋友说,这个必须好好收藏,这是来自湛江吴川本地人最深情的祝福。于是,我把这张五元纸币小心地放进了钱包夹层。这是一份特别厚重的祝福啊,特别有意义,何其珍贵!

当我们最后一次举杯的时候,已经有其他的客人在向主人辞行，客人说着感谢的话，而主人也说着感谢的话。前者感谢主人的盛情款待，晚宴十分丰盛，大家吃好了也喝好了，非常感谢，而热情好客的主人则双手合十，表示自己做得不够好，怠慢了客人，请客人多包涵，同时也邀请客人下次再来。

我们也跟随着最后一拨客人和主人道别，衷心地感谢主人的热情接待，让我们拥有一次非常特别的民俗体验，也祝福主人全家新春快乐！万事顺意！

最后一抹余晖淹没在天际，蔼蔼暮色中我们踏上归途，马路上车流如织，而周遭响起的鞭炮声此起彼伏，"年例"初始，春意正盎然。

诚然，每个人都对美好新生活充满期盼，粤西本地人民也用他们特别的方式来表达期望和祈求。当我在湛江吴川文垌村吃过一次"年例"后，对他们的敬意油然而生。勤劳质朴的湛江人民如此热情好客，对生活充满春天般的美好期盼。我想，明年，我还会再来的。

二姨妈

　　我的老家在湘北，沱江的一条支流从老家西边流过。从家门口出来，顺着河堤路一直向北，大约三四里地，可以看到一座东西向的桥，由水泥钢筋构筑而成，横跨在一百余米的河面。

　　我的二姨妈，就住在桥西边离桥头大约一里开外的镇上。她今年七十二岁，原本是住在离这二十里的乡下，十年前搬来此处，唯一的儿子因为欠赌债长期躲在外，儿媳在南方打工，供养一双儿女求学。二姨妈是母亲的二姐，姐妹历来感情深厚。母亲兄弟姐妹共六人，去年年底走了一位，是我的大舅，终年七十五岁，母亲排行第五，当时哭得很是伤心，只道，走了一个，他们六兄妹再也无法圆满团聚了，因此对在世的兄弟姐妹更珍惜，经常彼此去探望。母亲娘家这一边的亲戚中，唯一让我有所牵念的，就是我的二姨妈了，每每回家乡，我都必然要抽空去探望她。

听母亲说起过，二姨妈年轻时特别漂亮，身材高挑，五官俊俏，上门提亲的人排队。但当年外婆做主，选了现在的二姨父，却是一时看走了眼，导致了二姨妈不幸福的婚姻，以致她对外婆终生埋怨。在我的记忆里，二姨父长年在外，从来没有帮家里干过农活。他本人倒总是穿着光鲜明亮，但家里的三个孩子，和二姨妈一起，却过得穷苦潦倒。按老家的话来说，二姨父一般都在外面"找生活"，只有年底才回家一次，无非就是应节，吃团圆饭。然后，大年初二刚过，他就像候鸟一样，拍拍翅膀"飞走了"，至于家里的春耕秋收，仿佛一概与他无关。当然，三个孩子的学习和成长，也就是二姨妈的事了。除了过年，我很少能见到二姨父，对他的记忆也就十分模糊，更谈不上产生亲情。

幼时的我，从来没喜欢过二姨父。不只是因为他油嘴滑舌的说话腔调，也因他曾扬言要我当他的儿媳妇，更因为他曾动手打我二姨妈。在我看来，男人作为一家之主，就是顶天立地要为家时撑起一片天，切不可对家里的妻小动手。二姨妈却吃尽了苦头，不仅要伺候年迈的公公，还要照顾三个孩子，打理家里的一切，包括田地里的农活。她瘦弱的双肩承担了过多家务，积劳成疾，后来落得满身病痛，瘦得像一株枯树，弱不禁风。

二姨妈年轻时不仅长得模样俊俏，还有一手好手艺，精于女红，所做的绣品手帕、布鞋面、鞋垫等，取样别致，鲜活精致，在当地都是家喻户晓的。后来还有人专门找她定制，也使她家拮据的经济得到了一定程度的缓和。我母亲不擅长这些，所以，我家姐弟四人幼时所需的棉衣鞋袜，都依靠二姨妈一针一线地挑灯缝制而成。这也是我们四姐弟成家立业后对二姨妈特别孝敬和关照的主要原因，母亲一直叮嘱我们一定要感恩。

去二姨妈家前，母亲给她打了一个电话，以确认她在家，不至于让我们空跑一趟。二姨妈开心地说：欢迎，欢迎，正好我种的红薯丰收了，你们可以过来帮忙收成，分一半带回去。多么可亲可敬的老人家！

从母亲家所在的县城到二姨妈家，开车只需半小时。母亲说，她们姐妹俩有两个月没有见面了。对于兄妹之间的感情，母亲尤为看重。在母亲的授意下，我们准备了一些礼物，包括水果和月饼，还有我从香港专程给她带来的常用药品，有风湿膏药、川贝枇杷膏、黄道益活络油等。

不出我们意料，二姨妈很快就做了一桌丰盛的菜肴，看得出她精心准备过。她的厨艺仍广受大家追捧，被称赞之后，二姨妈显得特别开心，不停地叮嘱我多吃点，回到南方就吃不到她做的菜了。问及表姐和表哥们，二姨妈直摇头：他们能管好自己的生活就好，我不用他们管，我能养活自己。言下难掩失望和落寞。二姨妈靠自己的勤劳，在家附近找荒地种菜，打一些零工，基本上不用儿女照顾。她在家门后的空地上见缝插针地种了一些菜，也种了芋头和红薯，加上其他亲人的偶尔接济，还算生活安稳吧。最让二姨妈释怀的是，她的孙子很孝顺，很懂事，学习勤奋努力，十分争气，今年考上了重点大学。孙子上大学前嘱咐她：奶奶你一定要保重好身体，等我大学毕业后找到工作，就接你去大城市生活，让你安享晚年幸福。每每说到这里，二姨妈都显得十分自豪而开心，眼里泪花晶莹闪烁。

吃完饭，二姨妈又给我们泡了芝麻茶，这是湖南常德一带家家都会备用的饭后小食，炒熟的芝麻和黄豆，加上姜丝和茶叶，添加少许盐或糖，然后用滚水冲泡，香气扑鼻，喝一口茶，嚼碎芝麻和黄豆，便满口生香。

喝罢茶，我们换上雨鞋，扛一把锄头随二姨妈出门，她要带我们去挖红薯了。妹妹拉着我开心地跟着出去。外面正下着小雨，绵细如针。屋后空地面积不大，却被整理得沟垄齐整，一畦畦青菜缀满晶莹的水珠，翠碧欲滴。其中两垄红薯苗匍匐在地，根深叶茂，一看就知道地底暗藏乾坤。

我们四人在二姨妈的指挥下，先将红薯藤蔓扯断，黑色的土壤裸露出来，透出清新的泥土气息，初露根茎的红薯若隐若现，像在躲猫猫，着实招人喜爱。在离根茎约五寸开外，瞅准后挥锄下去，掀起泥土来。接着，果实就完全暴露出来了，一只只成串地联结在一起，只只都肥硕饱满，让人感受到大地的恩赐是如此神奇。不到一小时，我们就每两人抬着一麻袋红薯，满载而归。

沉甸甸的果实，带着清新的泥土气息，散发独有的香味。表皮紫红色的红薯，闪着诱人的光泽，让人无法不回想到一些场面：蒸熟的薯仔，冒着腾腾的热气，诱惑着孩子的眼睛和胃。而木柴堆上裹着锡纸的大个红薯，静静地等待着迫不及待的馋猫。手巧的二姨妈更有创意，就蒸熟的红薯碾成糨糊状，用面粉调和，撒上熟芝麻和橘子皮碎，刷刮在竹匾上，晾干，再揭下来，就成了清甜可口的红薯片，生吃起来，富含芝麻的香和淳，也有橘子皮的清新爽口，还有嚼劲。也可以用来焙炒，和着细砂石，小火翻炒，待出锅冷却，一咬就碎，香脆可口。这都是儿时记忆中满满的幸福啊，既甜蜜又温馨，永远伴随着我们的脚步，温暖一段又一段新的岁月旅程。

天色向晚，告别二姨妈，我们心存些许不舍和怅然。外面秋风乍起，细雨如丝，落叶飞舞，满目金黄。春花秋月，四季更迭，百川归海，人情聚散两依依，万物皆有其定律，人类唯有敬之不可逆，正如此时心头凝重。

纵然秋凉萧索，离别之意使人无比惆怅。可有谁能否认秋天是一个丰收的季节，令人无限憧憬？

米豆腐情结

腊月小年过后,连日晴好,阳光绵软,暖暖的。而返乡的人连续走了几拨,周遭越来越冷清。这是我第一次在深圳过年。除了商场大肆渲染的所谓年味,还有街头巷尾悬挂的红灯笼,我几乎觉察不到如家乡过年那样的热闹气息,也许是因为自己受心情的牵制。春节临近,身居他乡,我心中自有万千感慨,旧事重阅,带有醇香和韧性的米豆腐又成了我思乡的主题。

逢年过节,抑或家逢喜事,餐桌上总少不了一道家乡风味菜:红烧米豆腐。顾名思义,米豆腐,即用大米为原材料制作的如豆腐状食品。

少时家贫,我们过年的必备食材就有米豆腐。提前几天,母亲会将籼稻米淘净,用桶或盆浸泡几小时,见到米粒明显胀大就可以拿去磨浆了。用手推石磨将籼稻米磨成米浆,白瓷勺盛满水浸后胖胖的籼稻米,推石磨的有说有笑,此时,岁月不疾不徐,缓缓流经石磨的臼口,再沿石槽慢慢地流出来。醇白的米浆比牛奶还白,带有特有清香,往其中加入一定比例的食用碱,倒入大铁锅中,木柴在土灶中熊熊燃烧,母亲杵一根木棒,不停地搅拌,直到米浆变成糊状,再从锅里舀出来,放入洗净的木盆里。冷却后,浅黄色的米豆腐就成型了。食用时,用刀切一块下来,再拿来红烧或做成汤料,均是美味。

年轻的时母亲特别精明能干,无论何时,我们都能吃上她变魔术一样做出来的素味美食。老百姓家里,只要不是特别贫困的,一般家里都会有大米。夏天的时候,母亲就用米做成发粑粑,也就是用米磨成浆以后发酵,再做成模型来蒸熟。而秋冬时节,母亲就会把米做成豆腐了。至于米豆腐的食用方法,倒是自创了许多种。最常食用的就是香煎、红烧和做汤了,只要有油、酱油、葱末就行。香煎或红烧的话,母亲会把油倒少量放入锅中,再将米豆腐切成方块或细条状,沥干水分,倒入锅中,小火煎,待两面焦黄时可以出锅,如果要做成红烧米豆腐,可以在此时洒入少量滚开水,同时倒入酱油,随即撒上葱末,色香味俱全的红烧米豆腐,香滑软嫩,冒着热腾腾的白气出炉了。我们四姐弟早就守候在一旁,迫不及待地将面前的米豆腐一扫而光。母亲通常会做成汤汁米豆腐,这样,其中的汤水也能填充我们永远饥饿的胃了。半锅水烧开后,母亲会将事先烧滚后冷却的油倒入锅中,然后陆续倒入盐、味精、酱油等，如果运气好，母亲还会变戏法一样弄出一些肉末加进去，那汤汁就变得更香浓了。待汤汁调好，米豆腐被切成手指长一般的条状，悉数倒入锅中。不到一分钟，就全部出锅，分装到每一个排列好的粗瓷大碗中，腾腾热气里，母亲将葱花依序撒入，那个香啊，勾引着喉咙里的馋虫，直流哈喇子。儿时的记忆里，这道素菜简直没有任何美味可以媲美。

但凡家有客人来，红烧米豆腐便是待客美食的一种。或偶有亲友来访，瞧见屋内那盆金黄色泽的米豆腐，眼睛一亮。此时，母亲自然热情相问：要不要切一块？来者自然欢喜，连声感谢母亲的盛情。

离开家乡已经整整二十五载，偶有回乡探亲，总会贪恋米豆腐的香绵可口，于是，寻去偏僻老店里，兴味盎然来一碗，虽然再也找不回旧时的感觉，却也总算是一慰乡愁吧。母亲多年前随迁至城里，又因年事已高，早已经不再亲手制作米豆腐，但我儿时记忆里的那一碗热气腾腾的米豆腐，仍然是最绵长的温情回忆，也将温暖我的余生岁月。

婆　婆

　　偶然发现侄子在朋友圈说：想您了，最爱我的人。随后他姑姑跟帖评论说：前晚上我也梦到婆婆了。吃晚饭时，我跟先生提起这事，他默默点燃一支烟。过年了，婆婆怪我们都不回家看她，昨晚梦到她在村口等我们回家。

　　先生是武汉人，他依老家习俗称呼奶奶为婆婆，二十二年前嫁给他的时候，我也就入乡随俗，跟着他叫奶奶为婆婆。那时候，刚刚年过花甲的婆婆身体挺健朗，在家烧饭炒菜洗衣服，非常利索。初见婆婆的当晚，她把她唯一的珍贵家产拿出来送给了我，那是一枚金戒指，精致小巧，据说是她台湾的远亲送给她的礼物，我怎么样推辞都不行，她还是把它戴在了我的左手无名指上。

　　因为我们在深圳工作，每年都只能在春节时回老家看婆婆，平时都靠打电话问候她。每当中秋以后，婆婆就在电话中早早地提醒我们：伢呢，早点回来过年啊，我做你们最爱吃的肉丸子和羊肉烧红萝卜。暖心的话总是让我们在电话这一端数度哽咽无语，随即又连连点头答应她说：好呀，婆婆做的菜最好吃了，过年我们要回家吃个够啊。婆婆一听，在电话里就开心地笑起来。我仿佛看到一个梳着小发髻的矮胖小老太太的脸绽放成一朵美丽的黄金菊，正弯腰忙于剁肉馅呢。

  每每春节回家，我们会给婆婆准备一件新的厚外套，回到家里就让她当场试穿，婆婆笑得嘴咧开，缺了几颗牙的老太太好可爱。她喜欢穿着新衣服在村里走走，或者坐在屋前晒太阳，逢人就说，这是我小孙媳妇给买的新衣服呢。人家一听就直夸她，婆婆好美啊，越来越年轻了呢。老太太又咧嘴乐了。

  我家大儿子出生的时候是夏天，特别热，我在老家坐月子，婆婆对我特别照顾，天还未大亮，她就开始给我做早餐。有时候是公公起早到自家池塘里抓到的新鲜鲫鱼，有时是自家养的肥鸡，一律都拿来煲汤。可惜，因为我在湖南吃辣椒习惯了，坐月子真是不习惯没有辣椒的生活。一个月下来，不仅是我瘦了，连儿子也没足够的奶吃，天天哭闹。婆婆就抱着她的小曾孙子一边走一边哄着，一手摇着她的大蒲扇，满脸欢喜。

  闲着的时候，婆婆就跟我聊我先生小时候的趣事。先生在三兄妹中排行老二，小时候特别调皮，有一帮铁哥们，他们在村里到处窜,谁家的甘蔗少了就会找上门兴师问罪,谁家鱼塘发现了钓鱼竿也是找上门来,先生自知犯错,自然就躲在外面不敢回家。有一次,又被人家告状,说是他打群架时伤了一个小孩,人家家长找上门来了,公公一听气得火冒三丈,跟人赔礼道歉又付药费。回头就到处找犯事儿的儿子。那时候,他明明知错了,却从不肯认错,倔脾气。全家人找了一宿也没找到他半个人影,本来气得冒烟的公公此时心慌起来,在村里来回转,婆婆更是心疼得大哭,一边骂公公:一个细伢,哪有不淘气的呢,你非要骂他打他才解气啊?这下好了,人都给你吓跑了,要是他丢了,我就跟你算账。公公也后悔了,垂头丧气自责起来。这时候,忽然从家门口那棵大苦楝树上发出一阵窸窸窣窣的声音,树枝也晃动起来。全家人吓一跳,不知发生了什么事。还是公公最先看出端倪来,叉腰冲树上面吼道:兔崽子,你躲在这里!看我不把你屁股打开花!当然,太婆婆哪肯让孙子遭受皮肉之苦,哄着孙子进自己的房间。多年以后,我婆婆说起这事儿,仍然还是大笑不止,直称赞峰伢从小就聪明,长大后果然有出息。先生往往听到这就觉得特别窘,赶紧找借口溜走了。当儿子长大后淘气时,先生也会发发脾气,但从不轻易动手打人,他笑称,我才不要像你爷爷教育我小时候那样用暴力呢,不人道。

  婆婆年近八十岁那年不小心摔了一跤,从此身体健况每况愈下,微胖的身体行动起来特别不方便。而婆婆只有我公公这一个儿子,在照料方面欠细致周全。我们更是珍惜每年回家过春节与婆婆共处的时光，我们带着两个儿子多陪陪他们的曾祖母。每次回去过年，我们仍然不会忘记给婆婆买新衣服、新的棉拖鞋，有时，偷偷塞给婆婆几张大钞，**婆婆满心欢喜**，看到新的纸币就乐开了花。因为年事渐高，婆婆记忆力衰退很快，经常不记得把钱藏在哪里了。后来，她索性就藏在棉被的四个角落，或者塞在枕头夹层里，偶尔也会塞在棉袄的暗袋里，想起来的时候，就找出来看看，心里就也踏实多了。

二〇〇七年五月的一天，得到婆婆病重的消息。我们正各自忙于工作，先生立马开车赶回家去，而我当时在外地。未等我们见上她最后一面，婆婆静静地走了。我清晰地记得，那一天，阳光明媚，但心情格外沉郁，直压得我心头喘不过气来。我发现手机里有很多短信，都是生日祝福。可是，那一个特别的日子里，我怎么能开心起来？

今年春节，我们首次在外地过年，所以才会陆续梦见婆婆吧。

其实，**婆婆**，我们都很想您。今年清明节，我们一定回去看您。

乡 情

总有一个地方,无论时间的经纬、人生的起落、生活的悲喜如何变化和更迭,它总是你在这个茫茫苍穹下最温暖的庇护所,让你漂泊的心找到一份安宁、希望和前进的方向。

我从来没有对一个地方产生过如此强烈的想念与依恋。或许因为年岁日益增长,纵然时隔久远,却依旧对故乡的一草一木记忆犹新,以至于在工作和生活的闲暇、夜里的梦乡、与他人的闲谈中,都会提及它,不由自主。想你了,我的家乡。

月圆时节更思亲,中秋节前一周,我终于定下了回乡的行程,却也故意不曾事先告与家乡的父母亲人。我只想悄然回一次家,带给亲人一份团圆的惊喜和愉悦。

北上的高铁将身后的景物越推越远,铁路两旁的平原延伸到远方，直到视线所不及。成片的香蕉树、荔枝树、龙眼树、三角梅、甘蔗林依次闪退，我的心跳动得越来越欢快，夹杂着一种莫名的激动和兴奋，还有心底里一抹潜藏的热度。

当北上的行程过小半时，高铁已过粤北，正在飞速驶入湘南地带。此时，天空淡蓝，几片白云如絮，绿色不再浓郁得闪耀人的眼睛。两侧的山体连绵不绝，但不如北方的山峰陡峭如削。峰岭一座连着一座，全部都被苍翠覆盖，却在偶尔的山坡底下较为平缓处，蓦然出现一片炫目的金黄，那是一片待收割的稻田。就像一块绿色织锦上有意而为的点缀，明灿的黄与翠绿相互映衬，更加突出了湘南的初秋来临。

记忆里的片段渐渐清晰，家乡的秋，五彩斑斓，风景如画。家乡位于洞庭湖畔西岸，夏涨冬息的一条小河，源于长江的支流，蜿蜒如游龙，穿过万顷平原，灌溉良田千万亩。孕育了一方水土，养育了千千万万子民，幸福安宁，生生不息。

在幼时的记忆里，家乡水土丰沃，一马平川，稻香鱼肥。农作物有水稻、小麦、高粱、棉花、油菜、豌豆、甘蔗等，而粮食以水稻为主，一年种两季，阳历七月和十月各收割一次。江南的水果品种不如岭南多，常见的有杨梅、梨、柑橘、柚子等。鱼米之乡，富足丰饶。我记得祖父生前训诫我们要节约粮食，碗中不许留有剩饭菜。他略感自豪地说，当年举家迁徙，他就看中了这块富饶的水土，所以，就算家中兄弟姐妹众多，也不曾饿过肚皮。但是，正因为此，所有人必须心怀敬畏，绝不可以随意糟蹋粮食。白云苍狗，岁月悄然而逝，言犹在耳，祖父离开我们已经十七载，徒使回乡的心生几许伤悲和怅惘。

对于漂泊的游子，回乡的路再遥远、坎坷，也终归是充满欣喜和期待的。起程前一晚，与母亲通电话，她有意无意地询问我国庆节放假怎么安排。这一份思亲归家的小心思，被我瞬间揣摩到了。但我仍然故作淡然回答说：如果能买到往返的高铁票，就回乡走一遭。母亲并未勉强我，只道：平时工作忙碌辛苦，放假也可以趁机好好地休息下，不必舟车劳顿地赶回家。我当然深谙母亲体贴儿女的关爱之情，但更坚定了必定回乡的决心。屈指算来，今年母亲六十八，父亲六十九，都年近古稀，作为儿女，本来就该奉行"亲若在，不远游"的原则，因为工作和生活的需要，我并未能时时尽孝守候于他们身边，但逢年过节，却是必须抽空回家看看了。

经过三个半小时的旅途跋涉，我终于抵达终点站。迎接我的是薄暮下一场绵绵细雨，捎带阵阵轻浅凉意。但心底的热度足以抵御这一份秋凉，反而让我意识到家乡的味道如此清晰，如此真实地接近我，让我分外感到亲近和温馨。

按照事先的联系，我上了一台商务车，还有一个半小时的车程，我才能真正到达那个有父亲母亲所在的家。开车的师傅估摸四十出头，个子不高，留着常见的平头，方脸略肥，典型的江南汉子，一开口就透出浓重的乡音，让人倍感亲切。

今天预约商务车的客人特别多，你还算幸运，赶上了最后一班车，否则，你得留在这里过夜了。司机师傅坐在驾驶位上，侧头微笑对我说，一脸和气。谢谢。我回应他。一边坐在副驾驶位上，系好安全带，听闻司机一番话，也着实感到庆幸。第二天就是中国传统的中秋节了，我可不想留在这里等到次日清晨才能回到我日思夜想的家乡、才能见到我的父亲母亲。

夜色中的高速公路被一种深浓的黛青笼罩，两边旷野无垠，完全没有任何光亮。偶尔有车超车的，闪着明亮的光，嗖一声就从左侧驶过，然后，整辆车，只剩下车辆发动机响声以外的沉寂。算上我，车上一共有六位乘客，可是，大家都不说话，好像都已旅途倦怠，又或许怀有心事，抑或都沉浸在即将归家的喜悦中。我不知道他们是不是都和我一样，从千里之外风尘仆仆地赶回来，只因想念家乡这方水土，想念久别的亲人，想要给家人们一份团圆的欢乐，回馈给自己一份思乡的慰藉呢？他们谁也没说话，相互也不认识吧。我也只是紧盯着窗外，虽然，浓重的黑依然包裹一切，我只能靠想象来描绘这一片广袤的平原上金灿灿的丰收季，是怎样震撼人心呢！

终于有一个电话，敲碎了夜色和沉默。接电话的是一个女声，我看不清她长什么模样，但她的声音真的很温柔、很甜美，我猜她肯定长得很好看吧。电话那一端传来清脆的童音：妈妈快回来，我做完了作业，刚洗了澡，香香的，等你哦。而这一端回复过去，是满满的爱意和柔情：嗯，宝贝真乖，妈妈很快就到了，你可以先看看书，注意调整灯光的亮度，不要太刺眼，一边还可以吃一个小苹果哦，爱吃水果的宝贝一定会变得更漂亮的。或许因为这一个电话，大家才突然醒了似的，各自窸窣着弄出来一些声响，估计是在掏手机出来吧。然后，电话声此起彼伏，多是打回去汇报即将抵家的行程信息，也有人是打给相关的人交代一些工作上的相关事项。我握紧手机，反复查看以前亲人们留在手机里的影像，慈爱的双亲，可爱的小侄子，还有家乡的树木花草，一边看着，一边数着回家倒计时的时数，嘴角上扬。

终于，在前方一侧，依稀看到了有灯光闪烁，再看看时间，确定即将下高速了，也就意味着马上就要到家了，到达那个真实的充满亲情温暖的家。大家都莫名兴奋起来，七嘴八舌地互相询问下车的地点，而商务车司机负责将每一个乘客送到指定的地点：我到洞庭国际旁边、我到唯一金城西门、我到中央公园正门，离你不远……七嘴八舌地，大家突然变得熟络起来。可惜，刚刚产生聊天的兴趣就要各自下车了。

晚间九点整，我站在小区六栋一楼电梯前，摁响了1608四个数字。欢快的铃声响起来，随即母亲的声音回传过来。是老三吗？我听到后偷笑了一秒，马上凑近门铃喊一声：妈，是我，老大。谁料到母亲居然开心得忘了按门铃给我开门，就直接乘电梯下楼来接人了。一见到我，母亲乐得合不拢嘴，直嗔怪我：昨天打电话你都没说要回家，怎么突然就到家了呢？边说边一把拎过我的行李箱，拉着我就进了电梯。

电梯停在十六楼，父亲抱着小侄子早就守候在门口，笑眯眯地瞅着我问：还没吃饭吧？饿了吧？随即一碗热饭，几道香喷喷的菜肴就上了餐桌。一看，白辣椒炒牛肉、冬瓜骨头汤、辣椒刀豆、香辣鱼块，都是我爱吃的菜。我不禁纳闷起来,难道他们猜到了我今晚要回家,提前准备好了这些美味吗?不管那么多,"先吃为快"了。待我舒舒服服地吃完,母亲就泡好了芝麻豆子茶,这是我小时候最爱喝的传统小食了。芝麻的清香,与豆子的脆崩、加上略带咸味的开水中和到一起,喝一口,慢慢嚼,细细品,那满口的香啊,足以慰藉思乡之殇了。

喝着茶,陪父母聊聊家事,谈谈工作和生活,欢声笑语,盈溢满屋。这一夜,与母亲共榻,听窗外细雨呢喃,微风轻拂,透过窗户的罅隙,潮湿空气传送过来家乡的味道,我枕着父母亲人的爱,梦里全是笑。还有什么比此时的幸福安逸更实在的呢?

幸福之家俏婆婆

上周二下午，从来不主动接受儿女礼物的婆婆，居然破天荒用家里的座机打来电话，让儿媳代买一部智能手机。虽然心存疑虑和好奇，但对于婆婆的要求，儿媳自然有求必应。于是，次日晚上，一部崭新的华为 P9 手机很快就被送到了婆婆手里。

婆婆今年六十八岁，面庞黝黑，典型的南粤人身形，身材瘦小，却也身板挺直，习惯留一头短发，显得精明干练，仿佛和她的性格一样，从不拖泥带水。一直以来，婆婆身体尚好，除了眼睛有点老视、双膝患有关节炎以外，身体没啥大毛病。婆婆生活在深圳市光明新区一个风景如画的小村庄里，村里为拆迁户修建的居民楼依山傍水，婆婆就住在靠山的那一栋十六楼。自从公公五年前病逝，她就很少出远门。

虽然只有小学三年级文化水平，但生性要强的她学会了使用电脑听歌和看电影，更多的是使用优酷软件下载老年人健康操和广场舞。以她自己的话来说，这叫与时俱进，时代发展得这么快，老年人也要好学上进，要跟得上时代的脚步，才不会跟社会脱节。

性格开朗、待人热情的婆婆，在本地社区里拥有一大帮老年朋友，他们自发组织了一支老年舞蹈队，名为"夕阳红"，她自荐担任队长，自掏腰包网购了一个拉杆音箱，每天晚上七点半，和她的队友们准时出现在社区小广场。在我们社区，只要一提到我婆婆，几乎没有人不认识她。社区内举办的多个活动中，婆婆带领的"夕阳红"舞蹈队多次参演，成为一道靓丽的风景，更是本地社区一张闪亮的名片。

婆婆虽文化程度不高，但深明大义，凡事以大局为重。那年秋天，村里接到上级通知，因为地铁六号线的施工，需要村民配合，拆迁部分老屋。当然，每一个拆迁户对应地将收到一笔可观的补偿款，或者获得一套同面积新房子的使用权。婆婆所居住的老屋也在其列，我深知这个老屋对于她的意义。它虽然陈旧，但承载着深厚的情感，深深地打上了数十年的生活烙印。公公婆婆在这间老屋里生活了近五十年，养育了四个儿女，历尽艰辛将儿女培养成大学生，亲眼看着儿女们成家立业。婆婆总是说，这间祖屋特别"旺"，无论是对人、财、事业，都具有一种先祖庇佑的灵气。邻居家堂叔表示，如果可以不拆就不拆吧。但婆婆反问道说，如果非得拆呢？后来的结果是，婆婆去村委会了解情况，得知必须配合拆迁，而且要在三个月内搬出。婆婆显得特别通情达理，"修地铁是好事，方便大家出行，这是国家大业，更是村民群众的喜事，我不能拖后腿。"随后，她带头搬出了祖屋。在她的感召下，村里的拆迁工作以最快的速度得以圆满完成，为此婆婆还获得了村委会的表彰。四姐弟得知祖屋要拆迁的消息后，纷纷表示愿意接父母来家里住。后来，婆婆掂量着，同意先和阿娣一起住，待日后村里为拆迁户配备的新房子装修好后她再搬离，以免打扰年轻人的工作和生活。

婆婆经常感叹，这个年代多好啊，国富民强，人们个个扬眉吐气，幸福像花儿一样开放。她常常这样教育孙辈们：你们这一代啊，简直是掉在福窝里了，住在高楼大厦，上学有校车接送，早餐有牛奶加面包，个个养得牛高马大的，要懂得感恩惜福啊，勤奋努力读书，将来报效祖国啊。我们那个年代啊，住茅屋草棚，天天在田地里劳动，吃了上一顿没下一顿，过得好辛苦。若不是赶上改革开放好政策，我老了哪有这么好过的日子哟，还能住上高楼大厦，享受退休好福利呢。五岁的小孙子仰着小脑袋，一脸不解地问奶奶：那你们怎么不去超市买米呢？你们是要减肥吗？稚语童言逗得婆婆脸上的皱纹都笑成了朵朵菊花。

纵然生活如此富足，但婆婆从不铺张浪费，历来坚持勤俭节约的好习惯。餐桌上每天的菜式不重样，但她总是坚持量少花样多，上餐余下的，下餐一定要吃完才做新菜式。这是她立的规矩，谁也别想钻空子。她鼓励家人盛饭时尽量每次少盛一点吃完了再添，以免剩下了浪费粮食。如果有人不回来吃饭，必须提前跟她报备，她好准备适量的饭菜，以不至于浪费。婆婆做得一手好菜，家里餐桌上一般少不了皮滑肉嫩白切鸡、鲜香可口清蒸鲈鱼、豉汁排骨、蜜汁叉烧……每次看着满桌子的菜肴被儿孙们一扫而光，她就佯装嗔怒说：你们就不能慢点吃啊，一群饿死鬼！

一般周末晚上阿娣睡得较迟，这天晚上十一点半了，阿娣突然发现婆婆还在客厅里，正戴着老花镜研究手机。看到我从房间出来，婆婆连忙招手，示意她有事找她。阿娣猜测她应该是咨询手机的某些使用功能吧。凑近一看，婆婆正在下载安装微信呢，便笑问她："还记得怎样用拼音打字吗？"婆婆故作轻松地一笑："这有何难？直接用语音就行啦，不用打字。"闻言阿娣不禁暗暗佩服，原来婆婆早就开始关注微信的使用方法了。接着婆婆问阿娣怎样加微信好友，阿娣以为她会先将家人一一加为微信好友，却不料，她先让阿娣帮她加入到一个社区交流群，然后，她在阿娣的指引下，先后加了十几位老年朋友，她开心地笑称："我也有自己的朋友圈啦"！

自从有了新手机，婆婆总是闲不下来，只要有空闲，就拿起手机，研究各项功能的使用方法。更多的时候，婆婆会用语音聊天与她的朋友们交流和沟通。但婆婆从来不搬弄是非，也不太多闲聊东家长西家短，一般都是约时间去市场买菜、顺便喝早茶、下午几点去逛街、晚上跳哪支舞等事情。更有趣的是，婆婆还学会了用手机拍照，拍小区里的花花草草，拍小桥流水，拍荷塘夏景，拍蓝天白云，然后学会用九宫格发朋友圈，乐滋滋地等大家来点赞。当然，抢着点赞的无非是她最爱的儿女孙辈们了。而最值得婆婆开心和期待的是，每周六晚上八点。婆婆早早地吃完饭、冲好凉，将头发和面部重新打理一遍，然后就坐在客厅里的沙发上，一会儿看看手机，一会儿盯着墙上的挂钟，满脸的欣喜与期盼。家人都知道她在等什么，故意问她："妈，我的外套搁哪啦？快来帮手找一找吧。""婆婆，洗手间的牙膏呢？"婆婆一听，就知道儿孙们在逗她呢。故意充耳不闻，依旧专注于手机。被问得多了，她就故作生气状嗔怒道："哎呀，你们烦不烦呀，自己找吧。"立马又对着手机一副笑意盈盈的模样，语气格外温柔亲切："晨仔啊，想婆婆了没？几时过来探婆婆啊？"当然，谁也不用凑近去看就知道，婆婆正在和国外读大学的孙子视频聊天呢。一会儿，只见婆婆对着手机镜头拢拢头发，拍拍脸颊问："是真的吗？不年轻啦。哎呀，婆婆老了啦，都快七十岁了，老是哄我开心。嘿嘿，我等着抱曾孙子呢。"看她那乐不可支的可爱样，我们都明白，肯定是孙子的甜言蜜语哄得奶奶心花怒放呢。

　　常言说，"家有一老是一宝"，家有如此可亲可敬又可爱的婆婆，每天都生活得开心幸福。只希望时光消逝慢一点，儿孙们能够陪伴婆婆长久一点，陪她享受天伦之乐，再陪她慢慢地老去，一家人和和美美，一起分享幸福安康好日子。

醉美洞庭鱼米乡

洞庭湖西畔，有我秀美丰饶的故乡——湖南益阳。八百里洞庭湖湖区，河湖交错，织成硕大的网，一望无垠。肥沃的洞庭湖平原水草丰美，盛产水稻和水产品，素有"鱼米之乡"之盛名。

水墨江南如诗画，故乡是一首诗，是一段锦，是一曲歌，四季如画。春天草长莺飞，绿瘦红肥，遍地油菜花将千万顷土地装扮成金黄的锦缎，处处蜂飞蝶舞，花香醉人。夏季一到，蛙聒蝉鸣，繁花翠柳，水乡荷香扑鼻，撑一叶扁舟游弋于碧波荷塘之中，摘莲戏水，披蓑垂钓，尽享夏日闲情。当蝉鸣渐弱，秋风送爽时，瓜果飘香。一场秋雨便掀落黄叶满地，又急慌慌地催熟了万亩稻谷。秋阳灿烂，风轻云淡，清风之下，极目远眺，一幅巨大的油画从脚下铺展开来。金黄和翠绿的底色，浓墨重彩。天空澄澈，田垄之间，农舍青砖红瓦，树林掩映，风景怡人。当清风拂过，稻浪翻滚，形成金色的海洋，稻谷的馨香和着泥土的清新气息，令人沉醉不知归路。十月金秋之后，天气转凉，渐渐霜寒露重，收割完稻谷，田地被翻耕，农人便开始播种油菜与紫云英，种子撒播后，很快就铺上了一层绿地毯，依旧无边无际。一夜北风疾，清晨梦醒，惊觉窗外白茫茫一片，哦，结霜了下雪了。空气凛冽，平整的田野里油菜正绿，晶莹皎白与碧绿苍翠交相辉映，最是养眼怡神。

屈指算来，从二十世纪九十年代初我离开故乡迁居鹏城，至今已近三十载。而故乡的一草一木，一湖一井，都深深地镌刻在脑海中，日日鲜活如初。故乡有条小河，名曰沱江。弯弯曲曲，唱响生命欢歌，从南到北，从老家宅子西边潺潺流过。河滩上白杨树齐齐整整，犹如一排排绿色的屏障，提供一夏阴凉。夏天的小河，滋养了许多鱼虾，我和幼时小伙伴用水草结成简易的渔网就能捕捉到雪白肚皮的小刁子鱼，还有肥肥的虾蟹，那种戏水和捕鱼的快乐，是其他任何形式的乐趣无可取代的。秋天，河堤上杨柳树叶落满地，雨后的树干上一丛丛蘑菇冒出来，像小伞一样在风中摇头摆尾。我仿佛看到晚餐桌上有一锅鲜美的汤，汩汩地翻滚，冒着热气。秋天旱季，纵横遍布于田野里的一些沟渠便慢慢干涸，水便集中流向低处，形成一个个小水坑，而顺流而下的鱼儿挤成一团，无处可逃，此时，我和小伙伴笑得更欢。时隔多年，故乡的草木河流，仍时时潜入游子的思乡梦。

记忆中故乡的小城，古朴清幽，与世无争，保持着一份宁静与从容。而近十年来，小城一改往日传统风格，在传承悠久历史文化的基础上发展经济新模式，城区旧貌换新颜，变化日新月异。满城高楼林立，商业中心比比皆是，处处繁花似锦。公路四通八达，高速公路从小城南部穿过，东连岳阳，西至常德，交通便利。水乡湖泊多，因地制宜，公园里虽四季花团锦簇，但总少不了一池碧水，夏荷舒展，清雅芬芳，水鸟振翅掠过湖面，圈圈涟漪微漾，惊走戏水的鱼儿。水上廊桥九曲回肠，亭台楼角倒映湖面，精巧石凳遍布，供游人休憩。闲暇携家人出行，赏花玩水，尽享幸福好时光。

故乡四季更迭，如诗如画，风景各异，令远方的游子时时魂牵梦萦。

那年高考

父母一度以为我会是村里的第一位女大学生,终究他们还是失望了,那一年,我以十一分之差狼狈落榜。接下来的日子,我变得很沉默,这让家人感到莫名担忧,每个人跟我说话都小心翼翼的。其实,我早就预料到了这个结果,内心也很坦然地接受了落榜的事实,我表现出来的沉默,并不因为自己落榜,而是觉得愧对父母亲的辛苦付出和殷切期待,另外一个缘由就是突然离开了学校,脱离了一种学生习惯了的环境,内心倍感落寞。

把自己关在家里一个月后,我越来越感到惶恐,纠结于是否该选择复读一年再参加来年的高考。如果复读一年又考不上大学,怎么办?记得我上初中时候,村里有两位姓彭的哥哥姐姐都有类似的经历,复读后仍未考上大学,村里人对他俩指指点点的，颇有微词。彭哥哥后来去邻村代课，彭姐姐当了村里的播音员。有时候我去上学，会遇到他们去上班，对我友善地笑，鼓励我说：小妹妹努力，加油哦。我心里微笑着，感激他们对我的鼓励。心想，我一定要刻苦学习，勤奋努力，争取考上大学，就成了村里的明星人物，好风光的。

中考时我以706分的成绩考上了县重点高中，当时分班时以分数高低编排学号，我是第七位。班主任是数学老师，姓谭，二十岁出头，年长我们几岁，个子不高，面相俊朗，喜欢留长长的指甲。班上有近一半同学是县附属中学就近入学分配进来的，他们都来自县城，我作为地道的乡村学生，在他们面前，莫名地就觉得矮人三分。入学后第二周，班上竞选班干部，我一反常态地失去了自信，一点也没有当时在初中母校里的风云人物形象，默默地选择了放弃，从此，我变得小心谨慎，不敢随意开口说话。很快就迎来了期中考试，结果，我从分班时的第七名直落到第十三名，这使我倍感挫败，情绪非常低落。一直到读到高三，我都是班上默默上课、籍籍无名的那个人。

我很清楚，自己高考时最严重的失分科目是数学，英语和语文实力较强，但无补于数学的低分。如果选择复读，我仍旧会害怕数学得不到提升，因为我实在不喜欢这个科目，就算再努力我也不太可能提升数学成绩，而英语和语文则基本上没有太多提升的空间了，所以，我担心，再读一年我也未必能考上大学。但这个方面父母是不会知道的，他们只是觉得，一年的努力足以弥补十一分的差距，更有可能远远超过。于是，他们强烈建议我选择复读。无奈之下，我怀着搏一搏的心态，决定孤注一掷，重新跨进了教室，开始一年的复读时光。

那时候，我们那里农村的孩子在城里上学，是要给学校食堂上交大米的，一个月四十斤左右，按斤两换成饭票，面值有一两、二两、五两。一般的，我每顿吃三两米的饭，再加一毛钱的素菜，有时候，不买菜，就吃从家里带来的腌菜，辣椒萝卜吃得最多，一年四季都有。有一次，父亲用蛇皮袋送了一袋米过来，放在食堂门口。当时我在上课，他托老师转告我，后来，我居然忘了这事，隔了两天才想起来，慌忙赶过去，一袋米早就不见了。急得我直哭，可是，哭有什么用呢？只能将每次三两饭减少一两，有时候不吃早餐，自己偷偷地省。好在那时候扛饿，也没饿出啥大毛病来。可是，有一次还是出了问题，下午上完课，六点钟了，同学们都往食堂走，我在宿舍里，没去吃饭，但有点饿，没其他东西吃，想起来还有从家里带的剁辣椒，于是，舀了一勺子往嘴里送。结果，刚咽下去，就觉得胃剧痛，接着，感觉浑身冒汗，眼前发黑，随即耳边就嗡嗡直响，心跳加速，整个身子绵软无力，接着就倒在地上了。同学发现后，赶紧去叫老师，可是，这个时间老师也回家去吃饭了，老师住处离学校有一公里左右的距离。同学们纷纷围过来，一会儿帮我拍背，一会儿给我喂水，眼见我悠悠地缓过来，他们这才散去，回教室参加自习了。从此以后，我再也不敢省口粮，后来，跟家里谎称饭票被偷了，父母也没责怪我。

终于熬到了七月，又是高考季，我心里莫名地恐慌起来，考前几天，居然感冒了，眼泪鼻涕直淌，头痛，咽喉发炎，整个人都绵绵的。晚上更觉得难受，咳得厉害，也睡不着。我自己很清楚这并不只是身体有毛病，而是心病。整天都担心，这次要是考砸了怎么办？父母该多失望，身边亲友们该怎如何看待我？我若考不上大学的话，这辈子又该干吗？和邻居家燕姐一样，早早嫁人生子？还是出去学门手艺，或是外出打工？每天都被这些问题纠缠着，我的脑子一团乱麻。

到了七月，高考第一天，气温很高，我备了一叠纸巾擦鼻涕，进考场时监考老师细细检查后将我放行，第一堂考语文才过一半时间，我忽然肚子疼，举手请求上厕所。随即有一位女老师在考场外陪同，一直看到我进了厕所蹲下，她才收回锁定在我身上的目光。我感觉寒意袭身，几乎不敢多待一秒就起身。回到考场我继续做题，考试结束前五分钟，有钟声响起，提示所有考生准备交卷。我正好写完作文，再检查姓名、准考证号无误，这才定下心来。但是，接下来，我最担心最害怕的事情还是发生了，数学考试难度特别大，一打开试卷，我就有点犯晕，心虚气短，都有点不想参考了，几近崩溃。后来逼迫自己冷静，定定神，坚持做完会做的题，我总算是应付完了。考完回到家，我一声不吭，家人一看我那样，也不就不多问了。后来，村里的海英说要去深圳打工，我得到消息后，就联系她一起前往。家人懂得我的心思，也不多加阻拦，给我准备了行李，又买了一些干粮，舅妈塞给我八元钱，妈妈提前偷塞了两张大钞在我的背包里。出发那天，风和日丽，我感觉前程一片光明似锦，脚步轻松，可心里仍然感觉特别堵，什么也说不出来。父母送我到村口，母亲看着我上了大巴车，这才转回身去抹眼泪。我也忍不住泪流满面，第一次离家远行，前路漫漫，像一只风筝，不知会飘往何方。

到了深圳后，我应聘在一家台资企业，在财务部办公室当文员。白天上班比较忙碌，顾不上其他，但晚上下了班就特别想家，躺在床上辗转无眠，就铺开纸张写信，给家里写，给朋友写，给同学写，几乎一天一封信。每天夜晚，梦里总是重现高考时的场景，醒来全身都湿透了，那一种说不出的紧张和焦虑，一直伴随我十余年，直到有一天，我终于通过自考拿到了一纸文凭，这种感觉才慢慢消减，慢慢地找回自信，终于心安。

其实，高考是很多人的人生旅途中必经的驿站，有人如愿以偿考上理想的大学，从此人生前程似锦；有人不幸落榜失意伤感，踏上外出打工之路；也有人无奈，留在家里，嫁娶生子，完成"人生使命"。无论如何，这些过往，又何曾不是一种磨炼和成长，为漫长的人生画上了浓墨重彩的一笔呢？

童年里的夏天

拥有一个多姿多彩的童年,与乡村夏天有关,这大概是我回忆中尤感幸福的事。

都说少时不谙事,幼时无忧无虑。可是我觉得,这些从来都与我无关。穷人的孩子早当家,我出生在江南水乡洞庭湖湖畔,据说曾祖父那一代因战乱从别处迁徙而来,择水乡而定居,至今已祖辈五代。打懂事起,我就被训导着帮家里干些农活。当然,那时候在乡下,这些活儿少不了由每户人家的长子和长女承担,所以当时我并不认为早早就分担家务活是被逼的,反而觉得是情理中的事,可我还是憎恶做家务,感觉永远都做不完。那时候,家里老少七口人,只有父亲和母亲两个能干活挣工分的人,吃饭的多,劳动力少,所以,我作为四姐弟中排行老大的长姐,理所当然很早就承担了扫地、煮饭、洗衣的任务，然后去田地里拾稻穗、打猪草等。盛夏农忙时节，祖父翻晒禾场里的稻谷，我便过去帮忙，太阳下山时，祖孙俩就开始绞把子（就是把晒干的稻草扭成麻花状，适当送灶膛里当柴烧）。七岁时，我基本上学会了放牛、喂猪和跟着母亲下田里插秧苗，在家里做饭、洗碗、擦凉席、洗晒衣服更是日常小事。我打小就是男儿性格女儿身，邻居家的孩子都喜欢跟着我。男孩子玩的游戏我也玩，女孩子玩的游戏我也不落下，所以，一整天我都几乎闲不下来，也不嫌折腾得慌。最让我开心的事，莫过于中午休息这短暂的一小时了。少男少女的精力总是用之不竭的，所有的小伙伴们就像约好似的，吃完中午饭，就都偷偷地溜出家门，集中在村里主要灌溉渠的电力排水站那里。只等人齐了，就一起行动。在村野，夏天有趣的活动特别多，可以捉鱼、抓知了、摘莲蓬、采野果等，尽管家人反复叮嘱不要下河，并恐吓说，水里有水猴子，专门抓下水的孩子。可是，戏水带来的乐趣远远胜过家长的恐吓，所以，一班小伙伴会选择在沟渠里水位较浅的地方下水，摸鱼、戏水、打水仗，玩得不亦乐乎。当然，为了不让家长发现我们偷偷玩水，每个人都会自觉地首先除掉身上的长衣长裤，只留下小短裤，这样，玩得尽兴后，再套上长衣长裤，就不易被家长发现曾经玩过水，避免挨揍。但是，也不是每次的掩饰都很成功，总有一些小伙伴笨得可爱，被家长发现蛛丝马迹，然后被逼供交代，全盘托出同谋者，少不了从邻居家传来声声惨叫，此起彼伏。接下来的几天，小伙伴们都特别老实，不乱跑，待在家里，尽管心里恨恨的、痒痒的，眼巴巴看着屋外，任蝉鸣和蛙声将少年的心事搅成一团乱麻。夏天的日子悠长，太阳滑过树梢，沉寂下去，炊烟接着袅袅升起，远处有悠扬的牧笛声，静静地诉说乡村里的黄昏悠缓的时光。家家都亮起煤油灯的时候，走出门外，抬头就见漫天都是星光，深蓝的天幕上偶尔划过一颗流星，有孩子指着流逝的星光问奶奶，这人世间又少了一个人吗？蛙声连成一片，虫子的吟唱像和声，整个田野间如同奏响一首交响曲，那阵势，那排场，都是鲜见的。月光如水，长堤上三三两两的人来回走动，更多的人则是躺在竹床上，慢悠悠地摇一把蒲扇，竹床旁边摆一个缺口的陶瓷缸，盛满"三片红"茶叶泡的茶水，透着一股清亮明澈的暗红，呷一口，茶水在口中打个转，顺着喉咙缓缓滑下去，胃里就有一股清凉慢慢地传递到全身，瞬间整个人都感觉凉爽了。每家每户的小孩子开始活跃起来，领头的孩子王走路趾高气扬，昂首挺胸，从村头走到村尾，身后跟着长长的一队小兵。一般来说，这帮孩子也有组织分工，孩子王身边总有两三个"参谋"，负责出主意，怎样玩，如何分组玩。夏天的夜色下，月光清亮，整个村子明晃晃的，相比白天只不过少了几许灼热。村里沟渠边成排的杨树，田地里的庄稼，菜园里的果蔬，都笼罩在月光里，披一片清晖。孩子们分成两组，玩"游击队打鬼子"。第一组扮鬼子，提前几分钟先行躲藏，另一组则作为游击队员，随后开始搜寻，剿灭鬼子。玩一次后，角色替换，再玩，乐此不疲。直到有家长在远处高声喊叫孩子的名字，催促回家睡觉，小伙伴们才依依不舍地分道返回各自家中。

　　夏夜似乎不只是孩子们嬉闹的好时光，也是大人们趁月色走亲访友的时候。忙了一天，本来就很累了，可是，谁家媳妇忽然想起来好久没回娘家了，虽然就在隔壁村子，离得不远，却因为农忙季节，一直未曾回娘家探望高堂。于是，和夫婿一商量，从鸡窝里摸出几个鸡蛋，把前些天存下来的放一起，搁竹篮子里，往臂上一挎，趁着月光，踏着露水就去了隔壁村。一路上，两口子说说孩子的淘气，又谈起田里的庄稼该施肥了，不知不觉，跨过了几条小渠，一抬头就依稀看见娘家的老屋里煤油灯正闪着暖暖的光。脚步就更快了，到了屋门口，喊一声"娘"，屋里欢快地回应"哎，来啦"，慈祥的双亲迎出门，赶紧拉着坐下，用陶瓷杯倒早已凉透的茶水，又着急地要去灶屋里生火烧鸡蛋汤。一屋子，全是暖意和亲情，欢声笑语盖过了屋外的虫鸣蛙唱。

　　记得有一次夜里，满月悬空，我跟小伙伴们玩得不亦乐乎，回到家里一看，父母居然不在。心里陡然冒出一股子怒气和怨气。一边猜测他们去了哪，一边就泪流满面，怨怪他们外出居然不告诉我，最重要的是，去串门走亲戚居然不带上我。随后，我的脚步就再一次跨出门，月光下我的影子格外瘦小，但心里却充满无穷的勇气和力量。思量片刻，我决定踏上去隔壁村外婆家的路。途中需要穿过一大片空旷的田野，周围没有人烟，也没有树林，只有此起彼伏的蛙声虫鸣，偶尔从头顶飞过两只小鸟，倒觉得有了伴，不再孤独，增添了几分心安。不过，我是不敢回头望的，担心故事里的情节在我身上上演，比如突然出现一只狼一样的野兽，两只爪从后面伸来搭在我的双肩，又或者几团磷火冒着绿幽幽的光顺着我的脚印悄悄地滚过来。一想到这些，我的脚步就开始快起来，后来，干脆一路小跑，耳畔有清凉的风，拂过脸颊，汗湿的头发贴在额头上。脚面踩过软软的田间小径，露水铺满青草尖，脚一碰，露珠洒满脚背，滑滑的，些许凉爽。最担心的就是一不小心踩到蛇，那种无脊椎软体动物简直就是我的噩梦。像蚯蚓、蚂蟥等，我看见就怕，而且感到恶心。夏天遇到蛇并不少见，沟渠边、杂草里、田地的浅水里，一般都会有一种较小的蛇，最多也就半米多长，我们称它为水蛇，无毒。有捉蛇的人，专门用竹篓捉了食用，红烧或煲汤。我是绝对不会吃的，也不敢吃它。想着想着就更害怕了，跑的速度就更快，一路狂奔，远处的狗叫声越来越清晰，终于到了外婆家的村子。我抹抹脸上的汗水和泪珠，定定神，这才蹑手蹑脚地慢慢走近，侧耳聆听屋里的动静。结果，屋子里特别安静，我突然就心慌，原来父母并未过来外婆家。失望和委屈一起涌上来，夹杂着内心莫名的愤怒和无助，像火山爆发一样，无法控制，哇的一声就号哭起来。屋内立马响起外婆的声音来，谁呀？是不是姣儿？接着，嗤的一声，火柴点亮了灯盏，屋内灯光哗地就亮了。外婆的声音总是那么软，那么暖，拉着她的手，我抹着眼泪哭诉起来，告状。外婆拉我进屋，又拿了铁盆子，从屋外老井里装了冰凉的井水给我擦洗。她怕我父母亲在家找不着我着急，就不留下我在她这过夜，于是去隔壁房子里唤醒幺舅，让他送我回家。当我们回到家的时候，还未进屋，远远地就听到了一片嘈杂声，不用怀疑，家里肯定找人找疯了。我拉紧舅舅的手，不敢松开，害怕挨母亲揍。于是，舅舅好言相劝，而我也再三保证以后不再私自外出了，母亲这才饶我一回。临走，舅舅叮嘱我，端午节早点过来吃桃子啊，突然就点亮了我心中的期盼。

在孩子心中，夏季就是一个尽情嬉闹的最佳季节，好吃的好玩的都比平时多。

端午节是小孩子最为期待的传统节日，少时家里贫穷，一年到头很少吃肉，只有端午节、中秋节、春节，父母才会隆重地往木桌子上摆一道荤菜，算是过节加餐。农历五月初五端午节，依乡俗，家家是要备礼物送外婆家的。一般的送礼无非是一串麻花、一串白米粽、一斤猪肉，再加一包白糖。如果家境较为殷实，或者讲排场摆阔气，就会在同款礼物里加多分量。

五月初五这天早上，父亲也不例外，一早就去了集市，按照母亲的安排，备了一套礼物，但他仍不忘了多买一串麻花和几片肥猪肉，这算是全家人过节加餐。早上吃过早饭，父亲就领着我们姐弟几个，拎着礼品去外婆家。而母亲，则不同往，家里还有太多的农活等着她呢。

一路上我们几个笑着闹着，满心欢喜。都知道在外婆家一定能大快朵颐，痛快地吃饱肚皮，我们仿佛看到一碗香喷喷的辣椒炒肉冒着热气，煮好的粽子碰上蒲叶清香，麻花在肉汤里打滚，汤面漂几片丝瓜，还有舅舅洗好的鲜红的桃子，正等着我们，于是脚步就迈得更快更欢实了。沿路经过几处池塘，看到有人用长长的竹篙从塘里捞东西出来，我们很是好奇，非要凑过去看看。原来是捞粽子，按照乡俗，头一天村人就将泡好的糯米用青蒲叶裹成白米粽，五个或十个串成一组，再将数组整合，连接在一起，用一个竹篮子装好，趁天黑前投入池塘，浸泡一夜后，次日早上再捞起来。经过一整晚的浸泡，蒲叶的清香与白糯米本身的香甜软糯相互渗透，煮出来的粽子特别劲道，咬一口，慢慢嚼，齿颊留香。母亲对农活样样精通，但她不善手工，也不会裹粽，儿时的我们没见过粽子是怎样做成的，见它外裹青蒲叶，就以为它是生长在水里的一种农产品，从植株上长大成熟被摘下来煮熟的。我曾一度央求父亲去池塘里摘粽子、捞粽子，后来才明白是怎样一回事，不禁哑然失笑。

童年的时光，总是那么单纯美好，每个小脑袋都富有各种各样的想象和期待，甚至期盼在夏天淋一场雨，那也是一种酣畅淋漓的痛快。

夏天的雨说来就来了，明明刚刚还是太阳当空，太阳底下，田里的水被晒得烫脚，泥鳅躲在草蔸下或水较深处。突然天空就黑了，堆积黑压压的乌云，风突起，将树枝摇得哗哗响，雨点随即就噼噼啪啪地往下砸。田里劳作的人急慌慌地上了岸，朝有树的地方跑。孩子们却乐了，故意穿梭在雨中，头上顶一个铁盆或铝盆，被雨点叮叮咚咚地敲打，就像一种天然的乐器在演奏，但这并非孩子们最喜欢的一种游戏，我们更喜欢被雨淋得痛快，先是背上湿了，接着就是脸颊，然后头发也开始结成绺，雨水顺着往下淌，堤上、坡上、田埂上，泥土被雨水一浸，就软化成泥浆，用脚稍微用力跺，泥浆四溅，周围的人惊呼一声，避之不及，全身都是，孩子盯着人家脸上的泥点，乐得哈哈大笑，对方也跟着乐，完全没有半点责怪孩子淘气的意思。有的男孩子就回家取了妈妈厨房里用的粗布围裙，将系绳往脖子里一围，两端打个活结，就成了一件简易的斗篷，站在较高处，急速往低处冲，斗篷就在瘦小的身子后面鼓起来，如一张帆。男孩左手高举，右手拿一根树枝，举过头顶上，嘴里高喊"冲啊"，特别帅，特别威风。女孩子羡慕着，却不敢这么玩，于是就近从头上的树上折几根柔软的柳条，随手一圈，就绕成了一个绿色花环状，然后弯腰在脚边采几朵野花，白的，红的，往花环上一插，一个漂亮的花环就成功了，顶在头上，配上明净乌黑的眼睛和俊俏的脸蛋，旁边的人就直夸她长得真好看。听着这夸赞的话，女孩子心里美滋滋的，几许娇羞，几许得意，低下头，不好意思地抿嘴直乐。

夏天的小河从五月份开始涨水，浑浊的水来自北方较远处的山上，特别清凉，也带来很多小鱼小虾，鸭子和鹅最喜欢吃这些。清晨，天刚亮，村里的蔡叔就赶着他的鸭群来河边觅食来了。知了刚开了个头，叫得东一声西一声的，大约也刚睡醒。我和妹妹听到鸭子嘎嘎叫，就一骨碌蹦下床来，拖趿一双破布鞋出了门。鸭群经过我家前面的水杉林，往河水里直扑，有几只鸭落在后面，摇摇晃晃，慢吞吞地扇着翅膀，偶尔还会蹲下来，不动。我一看，心里就暗喜，盯紧目标，眼睛一眨不眨。几分钟过去，鸭子终于又"嘎嘎"叫了，站了起来，翅膀扑棱扑棱地扇两下，也顺着鸭群的方向走了。我和妹妹就以最快的速度冲上去，哈，鸭子蹲过的地方，一枚白色的蛋带着鸭子的体温正躺在那儿呢。拾起来，握在手里，心里就乐开了花。这种拾蛋的机会不多，但有时候运气好，一次可以拾到三五枚呢，拿回家给母亲做个蛋花汤，全家人难得改善一回伙食，个个都满脸喜气。

夏天雨多，草地上地木耳随处就冒了出来，用手顺着一个方向一拢就是一团，拢两三次就可以做一个菜了。我不太喜欢吃长在地上的木耳，软绵绵的，有点湿滑，没有嚼头。

我喜欢带着隔壁家的孩子结伴去河边的树林里转悠，树上有鸟窝，有时能摸到几枚鸟蛋，还有未睁开眼睛的小雏鸟，全身光秃秃的，没有长毛，皮肤很薄，几乎看得见它身体里内脏在蠕动。不过，听人家说鸟窝里可能有蛇，从此我不再掏鸟窝了。

树林里有一些老树枯枝，下雨后就从上面冒出蘑菇来，一朵一朵排队一样，粗壮的根茎顶一朵白云，朝上的一面光滑洁白，而底下这一面就是或白或黄的褶子形状，凑近一闻，特有的清新鲜味就扑入鼻孔，两眼发光的孩子们迫不及待就去摘了下来，小心地放在竹篓里。我们也不贪，较小的，还未长开的，我们都不会摘，光挑个头大，长得肥硕的。回家后把柴点燃往灶膛里一塞，舀一瓢水倒入铁锅中，把水烧开，将新鲜蘑菇清洗一下，往锅里一倒，撒几粒粗盐，捞几下就盛在碗里，我一口气可以喝三两碗汤。那个鲜甜未经任何调料的调和，鲜味丰盈饱满而纯粹，足以胜过菜园子里夏季所有的蔬菜，香味袅袅升腾，从鼻孔进入，落在口中，舌尖味蕾被彻底俘虏，鲜香味，带着木质和泥土的气息，慢慢地经过食道，浸入到胃里，久久都不会消失。

　　我的家乡在江南洞庭湖湖畔的鱼米之乡，那里有我的祖辈，有很多美丽的传说，还有丰美的水草和肥硕的蔬果，可是，最让我念念不忘的，仍是那一个个童年的夏天，深嵌在我人生的册页中，犹如一枚枚闪亮的珍珠，点缀童年旧时光的五彩斑斓，也照亮我脚下的路，伴随至天涯海角。美好的回忆，伴着小河流水，伴着月光皎洁，伴着父母的汗水，伴着小伙伴的嬉笑，伴着祖父的旱烟袋……沉淀在我心底，像一杯老酒，甘醇绵长，愈久弥香。虽然我再也无法回到过去，可那又有什么关系呢？人生需要不断成长，脚步终归要在路上，才能走向更美好的远方。

交公粮的岁月

久远的回忆总能唤醒心底沉睡已久的东西，时时温暖泛黄的岁月。随记忆之河逆流而上，我们回到二十世纪七十年代。

船来了，船来了！吃过早饭不久，当知了在柳树上鸣唱正欢，五岁的小妹叫嚷着，像只小兔子一样冲进屋来。满头大汗的父亲正在堂屋往箩筐里装已晾晒干的稻谷，母亲则在一旁帮忙。七十多岁的祖父在屋前的禾场上翻晒刚收割回来的新稻，刚一岁的弟弟就站在他旁边的木制摇篮里，手舞足蹈地咿咿呀呀呢喃自语。

船停在哪里？父亲嘴里叼着一根手工卷烟，抬起头来，透过烟雾他眯着眼睛问小妹。好大一艘船！就停在长根叔叔家的河码头那里。那我们得抓紧装筐，今天能送个两千斤公粮就好了，余下的指标咱们再往公社粮食站送。母亲手中的动作明显加快了，一边提醒父亲。

我和二妹帮助母亲做完厨房的卫生，又给家里养的一头母猪添了糟糠，将全家人换洗的衣服清洗后晾晒，随即加入了分装稻谷的行列。我们家房子西边是一条夏天汛期较长的沱江支流，长年经流不息。家的东边有一个平缓土坡，连接由南向北的河堤路。这时，路上早已有农民伯伯挑着一担担稻谷往北边停船的方向疾步迈去。

这一天，是我们大队集体交公粮的日子，按照每户人家的人口数和田地数来计量确定应上交的公粮重量。就我们家来说，一家老小七口人，田地共十一亩，需上交两千八百斤公粮[1]。每一年的夏天七月份，第一季早稻被收割上来，经过翻晒，晾干，再用木斗风车翻吹一次，目的是将空壳的、不饱满的以及灰尘杂质等都分离出来，余下的是圆溜溜一粒粒、颗粒饱满的谷子，这才符合上交公粮的质量标准。

在某个晴好的日子，县粮食局就会派来一艘大船顺着河道来到我们这里征收公粮。大队干部提前收到通知后就立马用高音喇叭告知全体队员们，准备交公粮啦！地点是在七队张长根家的河码头。于是，一种空前的紧张和忙碌就在各家各户展开。每个户主都很清楚，如果能尽早将自己家的公粮指标在这一天完成，就会省很多事，还能获得"纳粮先进分

---

[1] 本文提及的公粮数目由其听父亲口述所写，疑其与当时实际情况有出入。

子"的称号，这是一件无上光荣的事。有的家里有好几个壮年劳力，不用半天时间，他们就能完成任务。但有的家里只有妇孺老弱，就很难说了。

像我们家，主要劳力只有父亲一人，母亲虽年轻能干，但毕竟是一介妇女，挑重担对她来说，是一件很为难的事。可是，她眼看着父亲的肩膀被那根挑过无数担稻谷的竹扁担压出一道道血痕，更为了尽快完成交公粮的任务，心一横，豁出去了。不顾父亲阻拦，她也弯腰挑起一担稻谷，刚想直起腰身，一个趔趄，差点被重担压趴下了。但是，母亲一咬牙，仍然倔强地尝试。后来，她挑着重担，一步一步随着长长的队伍往前挪，硬生生地把这一担稻谷送上了大船，收公粮的人一过秤，惊讶得半天都合不拢嘴，指着母亲说，你这个女同志真了不起呀，一担就是一百八十斤！母亲当时只是故作轻松地笑笑，谁又懂得她心里的酸楚和生活的艰难呢？夕阳落山时，紧张忙碌的一天终于结束了，父亲和母亲累得筋疲力尽，煤油灯昏黄的光晕下，他们一个蜷缩在灶头，一个坐在饭桌旁，身子一歪就睡着了。我作为他们的长女，将饭菜做好后，却不忍心叫醒他们起来吃饭。

如今，父母亲回忆起当年交公粮的情形，直感叹，年轻时候吃过不少苦，全都值得！瞧，现在我们老有所养老有所依，党和政府让我们晚年过得多么幸福开心！

我的初中语文老师

初中三年级那年,因为留级,我转学到了一所新学校,这是一所小学初中兼有的综合性公办学校,因此我和大妹成了同级不同班的同学,而小妹则正在该校读初一年级。两个妹妹一直以来都是品学兼优的好学生,而我,却成了一名留级生,这让原本就不自信的我更加抬不起头来。所幸,留级后我的成绩还算拔尖,姐妹三个在本校成了名人。我必须承认,我的智商是有限的,要说成绩好,是因为勤奋的原因吧。而让我感到开心和略感自豪的是,我经常代表学校参赛,获得不同荣誉。尤其是我的作文,经常被语文老师当作范文在同年级班级中传阅。由此,为我引来了麻烦。首先,我很直接地被一拨同学鄙夷:留级生,有什么了不起,哼!他们很自然很默契地就形成一个团队,将我隔离,时时给我冷眼和嘲讽。那时候，这种来自外界的压力让我不得不步步小心，唯恐惹怒了那班人，引来更多的烦忧。

　　但我的老师们从来不会将我这个留级生另眼相看，令我倍感安慰，由衷感激。我的语文老师先后换了两位，都极有老夫子之神态，个子也不高。熊文芝老师是典型的儒雅派，矮胖身材，一副圆形眼镜架在鼻梁上，眼光却经常从眼镜的上方透射出来，逐一扫射在每一位向他请教作业的同学脸上，不紧不慢的声调，略为尖锐，然后，突然听不到他说话了，一抬头，就看见他歪着脑袋，眼神斜睨，正等着学生的回应。另一位杨亦农老师属于学究派，身型也较小，脑袋上的头发不多，从前面看，根本见不到他脑袋上有头发。他有一个明显的特征，就是上课时脑袋总是轻微地抖动，微颤的那种，而一双眼睛却炯炯有神，充满了慈爱和知识的光芒。他似乎从来不发脾气，脸上总是有种温情的微笑。

　　最早在全班点评我作文的是熊老师，他腋下夹一沓作文本，一脸憨态，似笑非笑，走进教室时不急不慢。当班长喊起立的时候，全班同学异口同声喊：老师好。熊老师微低下头，透过鼻梁上的圆框眼镜望向我们，将作文本摆在教台上，右手朝大家招一招，四只手指朝下动几动，算是让大家坐下来。他拿起作文本第一本翻开，开口说话了：同学们，今天我们评讲一位同学的作文，题目是"我的母亲"，这是上周作文课上我让你们仿写朱德先生作品《母亲》的作业。我要重点表扬一下李凤麟（我初中时期的曾用名）同学，这篇作文我给了九十八分，不仅有条理，而且在细节处理上也特别用心，突显出一位勤劳、俭朴、对儿女重视教育的农村母亲形象。得到熊老师的鼓励后，我对写作文更感兴趣了，也更认真了。这也是后来我慢慢热爱读书和写作的动力吧。而杨老师对我的鼓励并不是同一种形式，他会借给我一些书，都是名著，是当时我们从来没读过，也买不到的。他让读完后写读后感，也会找机会和我们几位爱读书的同学开一个小小的座谈会，在他的引导下我们各抒己见。我特别喜欢上语文课，对写作文更感兴趣了，曾经在全县中学生作文比赛中获奖。

后来中考时，我的语文考试成绩是全校第一名，杨老师喜滋滋地告诉我，我的中考作文几乎获得了满分。

老师对学生的教导和影响是深远的，一直以来，我仍然喜爱阅读和写作。只是，我离开家乡三十余载，不知两位老师现况如何。时隔多年，我仍清晰地记得老师上课时的风采，每每忆及，心中万千感慨，甚是挂念。师恩难忘，祝愿我的老师身体健康，期待有朝一日重逢，我愿做回当年的青涩少年，洗耳端坐，聆听老师教诲，那该是一件多么幸福且值得庆幸的事。

爱是千层底

一针一线纳成底，爱随儿女行千里。对于二十世纪七十年代出生在农村的人来说，清苦的生活并不是全部的记忆，而一双由母亲在煤油灯下千针万线纳成的千层底布鞋，则成了那段苍凉的日子里最鲜亮的一抹暖色。

我的父母亲做农活都是一把好手，他们共同将一个七口之家的生活经营得有声有色。而精明能干的母亲为了能让我们姐弟都能交得起学费，还养了很多鸡鸭，喂养了一头母猪用来产猪仔出售挣钱。即便每天为那些农活忙得不可开交，但一旦有闲暇，她就会跟随她擅长手工针线活的姐姐，也就是我二姨妈来学习绣鞋面，纳鞋底，做千层底布鞋。

通常的布鞋分为单鞋和棉鞋，做法都差不多，只不过，前者是春秋季穿的，后者在鞋面里加入了棉花，比较保暖，是冬季天气较冷时穿的。做一双布鞋，先需要"备壳子"用来纳千层底。其原材料也就是各种旧布衣服剪成的布片和布条。将米汤熬成糨糊后，把旧布片、布条铺在一块门板上，用糨糊粘在一起，经过数天的晒干。根据脚掌的尺寸和形状来修剪成许多块，然后再用棉花拈成线，左手执鞋样，右手戴顶针拿针线，将块状的布壳子密密麻麻地缝成大约五厘米厚的布鞋底。然后母亲从姨妈那里拿来一个鞋样，也就是用较硬实的厚纸皮做成的鞋面模版。母亲会选择漂亮的花布用来当鞋面，比照鞋面和鞋底，前后固定后，开始"上鞋面"，一针一线精心缝制。待基本完成后，母亲就会借来一套专用的工具，将鞋面以外多余的鞋底部分给修剪掉，再用一个弹性很强的铁质弓状物将鞋头内部撑起来，放置一个晚上，以扩充脚头空间，免得挤压脚趾头。以母亲做鞋的速度，她给我做一双布鞋大概需要半个月的晚上时间。

虎头枕里寄深情

一直以来，我都认为婆婆不是一个普通的农村老妪。

婆婆年逾古稀，身材矮胖，饱经岁月的沧桑，脸上满是平和与慈祥。她一辈子未念过书，不识字，但她很会算数，也能顺溜而又准确地说唱一些与佛教有关的歌词，还能用铅笔画出一些简单的花鸟虫鱼，这让我感到十分惊奇。长辈说起过，婆婆年轻时精明能干，做事风风火火，走路都脚下生风，家里六口人的生计，几乎都靠她一双手和一双肩膀担起。近些年，随着年事渐高，婆婆慢慢地变得动作迟缓，性情也平和了许多，伴随而来的老年常见病让她不沾肉荤，长年吃斋念佛，一心向善，偶尔还眯着双眼拿起针线绣鞋垫，一边摇头叹气：岁月不饶人呐。

有一天，婆婆带我去她房间，笑眯眯地从一个斑驳的红漆木箱里取出她的系列手工品展示给我看，我不禁对她再生一分敬意。

陈旧的箱子里除了一些绣花鞋垫、棉布手帕和花布棉鞋，还有一对形象惟妙惟肖的虎头枕。婆婆笑眯眯地将两个虎头枕郑重地递给我：这是我年轻的时候亲手做的，算来快五十年了。现在送给我两个宝贝孙子做纪念，多年以后我不在了，他们看到这个，就会想起奶奶。

虎头枕的造型是一只可爱的小虎崽，像是正在淘气地朝前奔跑。整体大约长三十厘米，宽、高各十厘米，通体以红和黑为主，配饰以白、绿、黄等色，腹部红色用手纺棉布，背和脚面都是黑色灯芯绒布，身体内部用原生棉花填充，所用的缝合线都是用普通的各色毛线拆分而成。最突出虎头枕特色的部位是虎头，两只三角形耳朵，周边饰有一圈白色绒毛，两只圆溜溜的眼睛一瞪，虎虎生威。双耳之间的正中，用黄色棉布缝了一只俯卧的金鱼，鱼尾用黑色毛线缝成一个醒目的"王"字，不言而喻，在婆婆眼中，虎才是一山之王，象征一种权威、一种霸气、一个美好的未来。而用红棉布圈成的一张虎嘴，周围用金线绕了两圈，咧开的嘴露出上面三颗、下面四颗虎牙，两边嘴角各六根白色胡须，让小虎崽的形象更加生动活泼，又不失几许威风。小虎崽背部有一只美丽的红翅蝴蝶振翅飞向一朵绚丽绽放的花儿，仿佛春天来了，阳光灿烂，百花盛开，一幅欣欣向荣的温暖画面。小虎崽的尾巴用黄色棉布缝制，微卷，一种憨然动态跃然眼前。有趣的是，婆婆别出心裁地在小虎崽耳朵内侧缝上了两只小铜铃铛，只要稍微动一动，就响起清脆的叮叮当当的铃声，好像小虎崽正跳跃撒欢。

我实在想象不出目不识丁的婆婆是怎样在心中设计出这样一幅图案，又是怎样经过细心地裁剪，一针一线地缝合成一副成品的。透过岁月帷幕，我仿若看见，昏暗的煤油灯下，光影摇曳，一个身影埋头细致地穿针引线，小心地完成一个又一个细节，然后再比对、修剪，最后细细密密地缝合成一个成品。这一针一线里，凝聚着多深的情多厚的爱！

婆婆虽未进过学堂，文化知识贫乏，但她有一颗丰盈的心和一双灵巧的手，用她的爱和智慧呈现她心中最美好的祝福，虎头枕蕴含着她对亲人最深厚的情和最深沉的爱。

久别，可否重逢？

或许，人生中许多时刻都不及校园时代的生活和学习经历让人倍觉温暖和感动。"洞庭湖西，有我们美丽的校园。花团柳浪，桃李芬芳。在抗日烽火中诞生，在五星红旗下成长。公诚勤勇，严谨校训。……敦品励学，强身尚美……"多年以后仍记得，每周一上午八点，一千二百余名师生在学校礼堂一齐深情唱响校歌。整齐嘹亮的歌声犹回旋在我耳畔，而时光一晃便逝去三十载。

当我从旧相册里再次翻出这张泛黄的照片，一眼就看到，学校礼堂顶层上竖立四个醒目的行书朱颜大字——爱我中华。以礼堂为背景的毕业照，校园里树木葱茏，仿若朗朗的读书声仍萦绕耳际。一张张打着青春烙印的面孔在我眼前跳跃，每一个名字都如此清晰地镌刻在脑海。时光久远，回忆温暖，牵引我思潮澎湃。我无法抑制内心的沸腾，视线一片模糊，心情久久不曾平静。

我的高中母校是湖南省益阳市南县一中，位于洞庭湖西畔。始建于一九三八年，学校前身为"湖西私立临时中学"。一九五八年学校正式更名为"湖南省南县第一中学"，沿用至今。我是一九八八届的学生，屈指数来，我和老师同学们共处三年后，分别已三十余载。思念之情，与日俱增。

二〇一八年，由我们班热心的班干部组建了微信群，同学们又陆续集结，在彭同学、陈同学、杨同学等的引领下，群里聊天热火朝天，分享当年的学校趣事，还有关于某某男生暗恋某某女生的粉红色往事，隔着屏幕，大家仍是那青春张扬的少年，笑得灿烂。

当年我们三班共有四十九位同学，女生十六人，男生三十三人（后来有一位胡姓男生和一位郭姓、一位林姓女生休学）。教室在学校大门口的第一栋楼二层，木质的地板，走过的时候，声响特别大，尤其是课间休息时，男生追逐打闹，在楼道奔跑起来，简直有一种"马蹄声急"的现场感。这让楼下七班的同学特别愤怒，他们时常会派班长来向我们班主任谭老师投诉。效果仍是有的，不过，安静几天后，情景剧又开始了，如此反复，七班的同学也就显得异常无奈。

后来，我们的班主任换成了教化学的黄老师，他工作认真负责是出了名的，对我们极具耐心，每每晚自习都陪伴至深夜，此时回忆起来，仍深感温暖。二楼的楼梯间有教我们班地理的柳老师的工作室，柳老师性格温和，从来不冲我们发脾气，白净的面庞上架一副圆框眼镜，说话、走路也是慢悠悠的，显得格外儒雅。临近高考的时候，柳老师将他的工作室钥匙交给我们几位同学共同使用，以便晚自习下课后我们还能有个安静的地方复习备考。可惜，毕业后，我再也没见过柳老师，也没有他的任何消息。

让我记忆尤为深刻的是教英语的喻老师，个子不高，满脸络腮胡子，但一点也不凶，我们都不怕他，有时候上课时，他在台上讲课，台下有调皮的男生会讲悄悄话。喻老师也不点名，只是敲敲讲台，提醒一下讲话的同学要注意。我当时任英语课代表，日常工作就是擦黑板、帮老师分发复习资料、收发试卷等。喻老师对我也十分关照，经常给我开小灶，后来高考时我的英语成绩是一百三十分（满分试卷一百五十分），还算是比较满意吧。后来我获悉喻老师被调去湘潭大学了，我再也没见过他的面，心中感到几许怅惘。

回忆如此温暖，却又不乏丝丝感伤。毕业后的若干年，我陆续见过的同学不足十位，心中实感遗憾。期待有一天，我们能在旧时校园齐聚一回，那该是多么令人欣喜的事！

亲爱的老师、同学们，久别，可否重逢？

我心期待。

父亲的幸福

"这辈子我感到最幸福的事,就是我与共和国同龄,祖国的成长和腾飞,我每时每刻都是见证者。这是很多人无法和我相比的。我要继续用幸福的脚步,追随祖国的发展。"父亲乐呵呵地抽了一口烟,吐出一串烟圈,明亮的烟头映照着脸庞。他今年整整七十岁。

在我们眼中,父亲是一个坚强的人,而且脑子十分灵活,他年轻时学会了补鞋、烧砖、酿酒、轧棉花等农技活,挣更多的钱来贴补家用,他和母亲辛勤劳作,节衣缩食,所以,我们姐弟四人都能完成学业。后来,父亲随同弟弟搬进了城里,住上了高楼大厦。

生命如舟,扬帆远航,在漫漫旅途中,总会经历阳光,也不乏风霜。父亲六十岁那年,突遭车祸,右腿脚踝以下全部截肢。术后一段时间，尚未安装假肢，父亲不能正常行走，他心情格外焦躁。后来，弟弟从民政局了解到关于残疾人的一些福利政策，为父亲办理了残疾证，并申报免费安了假肢。父亲迫不及待地练习行走，截肢面与假肢摩擦后，脱掉一层又一层皮，血肉模糊，我眼见着十分难过，但父亲不吭一声，一直咬牙坚持练习行走，终于成功。他逢人就说，现在政策好，我们残疾人生活无忧，病有所医，老有所养，如此幸福安宁的生活，我还要多活几十年。我一定要见证祖国百年庆典，我幸福的脚步也要争取到达祖国的每一个角落，生命才更有意义啊。

　　常言说男儿有泪不轻弹。我见过父亲落过一次泪。我南下深圳工作和生活多年，并定居下来。前年国庆节，我将父亲和母亲接过来，并带他们去了深圳湾。深圳湾绿道边，椰树成排，沿途插满了鲜艳的五星红旗。海湾对面的高楼大厦，在蓝天下十分醒目。得知那一片建筑群属于香港特区，父亲感慨地说，我们祖国真强大啊，接连收回了香港和澳门，我们的国土渐渐地完整。此时，有一队年轻人踩着轮滑飞快地从我们身边过去，队伍前面的一个小伙子手中挥舞一面小国旗，领头唱着一首歌：五星红旗迎风飘扬，胜利歌声多么嘹亮，歌唱我们亲爱的祖国，从此走向繁荣富强……此时，我站在父亲身边，分明听到他在小声跟着附和哼唱，眼睛里满溢一种亮晶晶的东西……这是我平生第一次听到父亲唱歌！这是对祖国有着多深多浓的感情，才会让一个不善言谈的老人尽情高唱一首爱国歌曲，如此深情，如此庄重。

如今，父亲和弟弟一家幸福地生活在江南小城，偶尔外出旅游，他都意气风发，一点也看不出已是古稀之人，还是一个截肢后的残疾人。去年暑假，二妹带着父亲和母亲去了北京，父亲不顾行走不便，也不听母亲和二妹的劝阻，凌晨四点起床，赶往天安门广场观看升旗仪式。人山人海之中，父亲神情肃穆，当国歌响起，五星红旗冉冉升起之时，父亲挺直腰板，用全身气力唱响嘹亮的国歌："起来！不愿做奴隶的人们！把我们的血肉，筑成我们新的长城……"二妹在一旁看护着他，担心被如潮的人群挤倒，但父亲高大的身材，如同一尊雕塑，岿然不动，令她仰视。

父亲是一个平凡的人，也是令我敬仰的人，相信，走过七十载春秋之后的父亲，生活将更幸福。

"双抢"记忆一二

关于乡村的记忆，不得不提到农忙时节的"双抢"。"春插"和"双抢"是农民普遍关心的事，而夏秋之交的"双抢"，又是重中之重，更是让年少的我无比厌烦却又无法逃避的苦差事。何谓"双抢"？也就是：收割—翻耕—插秧。抢收春季播种后夏末成熟的早稻，紧接着就是快马加鞭地翻地，赶在立秋前将第二季稻秧抢种插入水田里，如果延误了，下半年的收成就会减少。这两件农事前后延续十五天左右，基本上农民每天都泡在稻田里，早出晚归，毫无喘息的机会。我整整经历了十四年，直到一九九三年我离开家乡南下深圳才算彻底告别。

我年少时的暑假被一个重要的词语塞满——"双抢"。为此，家里每个人都须无条件放下一切，包括我借口要做暑假作业，我们每个人全力以赴完成"双抢"。

　　春季播种的早稻成熟了，在田地里散发阵阵稻香，随风一浪一浪地起伏。当凌晨的露珠还挂在草尖，启明星仍闪烁着光辉，我家的煤油灯就亮起来了。母亲总是第一个起来做早饭。也就是简单地炒几个青菜，煮一锅饭，将我们姐弟叫醒，一边吃，一边分配任务。三妹在家做家务：洗衣服、扫地、煮猪食、喂鸡鸭等。年迈的祖父驼背，干不了重活，但也要分担一部分农活——专门晒谷，另外还要看管坐在摇篮里的幼小的孙子。我是长姐，负责带着二妹一起随父母下田"撩尖"，也就是收割稻谷，用弯月一样的镰刀将稻穗割下来，盛放在箩筐里，余下三分之二长度的稻秆留下来作为有机肥料。传统方式收割稻谷是将禾株齐根割下来的，但由于家里父亲是唯一劳动力，母亲希望能减轻父亲的体力负担，她灵机一动，建议只割下稻穗，留下禾秆做肥料。后来，这一方法被乡邻纷纷仿效。父亲将我们割下来的稻谷一担一担挑在肩上，一步步运送回两里路以外的家门前禾场上，堆积在一个地势略高的地方，慢慢地堆成一个圆锥形谷垛。不久之后，这里会形成多个大小不一的谷垛。待有一天，有个光膀子的师傅开着"坦克"一样的机器过来，我们合力将全部的稻穗逐一塞进机器那一张铁嘴里，吐出来变成金黄的稻谷，我们称之为"脱粒"。祖父每天将这些谷子摊在六月的日头下，不停地翻晒，直到晒干了，再用一个大肚子的风车将谷子吹一遍，名曰"车谷"，可以将其中的空壳和不饱满的谷粒分离出来。质量上乘的稻谷由父亲上交国家作为"公粮"，较次的拿来碾米，接上前一年快要空仓的粮食。一般的，早稻粮食吃起来口感不太好，煮成饭显得硬邦邦的，无味且粗糙，家中富有的人一般不吃早稻米，他们只吃第二季晚稻米，那样的米才绵软香甜。

每逢"双抢"时节，我们家中没有足够的劳动力，就必须要付出更多的时间来完成同样繁重的任务。父母亲总是披星戴月地劳作，那时的月光格外亮堂，白花花地洒遍田野，我觉得在月光下能读完一本《三侠五义》小人书，一边啃一条带蒂花的黄瓜当作水果，是多么幸福。好不容易将田里的稻子收割完，父亲马不停蹄地就开始翻耕。先将田里灌满水，撒入碳铵、磷肥等化学肥料，再用机器犁铧将田地表层的泥土翻转，浸泡一天一夜，高温下的田地发酵很快，慢慢地平整为一汪水田。接着，母亲早已将稻秧分成一个个小秧把，均匀散放在水田里。我们几个开始将小秧把拆散，以三五根苗为一整株横向排列五至七株插入泥水中，以秧尖不被水淹没为准。我最怕的不是长时间弯腰而腰酸背疼，而是惧怕水里的水螅和蚂蟥。前者刺入皮肤，剧痛；后者吸附在皮肤上，软趴趴的，极其恶心。"双抢"对于年少的我，简直就是一场逃不掉的苦难，充满酸和苦。

多年以后，父母随弟弟入城定居而不得不远离那片故土，家中的老屋连同田地一起转让给其他村民。每逢夏天，父亲总会惦记那些已与他无关的田土。回忆起当年，他仍显得激情澎湃，眼里一片晶莹。

第三辑

美好的期待

爱若航灯

苍茫大海广袤无垠，烟波浩渺，山岛耸峙，惟惊涛拍岸，漫卷岩礁。人生浩瀚如海，生命宛若扁舟，无畏无惧，劈波斩浪迎风而上。唯心中有爱，如暗夜航灯熠熠闪光于远方，牵引生命之舟冲破无涯黑暗，直指晨曦。

爱是灵魂。作为一名普通的社工，我深深热爱这份平凡的工作，亦深谙自身的职责所在，于日常烦琐工作中释放内心积蓄多年的执着与热情。生命的意义和价值在于进取和奉献，在社会服务工作过程中，灵活贯穿，以恒爱之心，运用专业知识和方法，解救危难，助人自助，促进社会团结和谐与公平公正——这，正是我身为社工的使命和责任吧。

爱是回馈。我特别喜欢孩子的清澈明眸，眼波流转处，其内心的纯净无邪一览无余。因为选择了妇女儿童工作领域，我与孩子接触的机会很多，相处的时间也较长，内心亦随之简单澄澈几许。执教其国画基础与课业辅导，童心彩绘，水墨丹青，五彩斑斓，我亦心生无尽欢欣喜悦。尘世纷扰，能由此而得一方清静，淡泊宁和，实为幸事。而妇女们生性柔和善良，上贤下孝，处事细微谨慎，亦为我良师益友。入职半年以来，渐渐收获到服务对象的认可和喜爱，此为千金难买的开心和欣慰。心中有爱，四季明媚，感恩。

爱是感召。人生之旅路漫漫，风雨难避，唯心中有爱，方可执几分勇敢和坚毅，执着于心中的梦想，从容淡定，坦然前行。冷暖人生，从不拒绝美好，也无法回避断壁残垣。心中有爱，足以抚平任何旧伤新痕。纵然年少无知，青春懵懂，终究浪子回头，只因爱的温馨召唤，牵引迷途的灵魂回归圣洁殿堂。心怀阳光，播撒爱的种子，谦卑仁慈，生命便能灿若繁花，馨香四季。

爱是责任。叛逆的少年，冷漠孤僻，桀骜不羁，全然一副拒人于千里姿态。面对无措的家长求助的眼神，作为社工，懂得职责与爱同在。以爱的怀抱，宽容接纳迷惘的心；以同理心，安抚无助的家长。每个孩子都是上帝的天使，各具个性，独一无二。重要的是，我们必须多付出几分耐心，去倾听他的青春烦恼，尊重他，真诚地给予建议。相信，他终是最优秀的自己。

爱是力量。绿色，最为养眼养心，而我们身着"光明社工"绿马甲的身影，总是活跃在最有需要地方。山体滑坡事件，光明社工最快做出反应，从各社区连夜赶赴现场，协助社建局，为灾民送去抚慰和温暖，给予他们战胜灾难痛苦的力量。急灾民之所需，提供物资帮助，安抚情绪，陪伴灾民渡过难关。我们是一家人，相亲相爱的一家人，永远在一起。

爱如黑夜航灯，指引迷航小舟穿越暴风骤浪，绕过明堡暗礁，最终抵达黎明的港口。爱如黑夜航灯，点亮心中的希望，勇敢拼搏进取，朝向梦想的彼岸，奋力前行。人生并无坦途，只要坚持心中的梦想和信念，永葆一颗大爱之心，时时微笑，世界便明媚如春。

爱若航灯，指引人生披荆斩棘，奔赴璀璨明天。

因为爱

"在其位,谋其职,爱与责任同在",在我心里,默然镌刻着这一座右铭。它时时鞭策我在社工的岗位上,一定要恪守职业操守与工作规范,真诚地对待每一位服务对象,严格要求自己,努力做得更好!

九月中旬入职,面临选择服务领域时,我毅然选择了妇女儿童领域,因为我喜欢天使般的孩子。第一次面对孩子们天真无邪的笑脸时,我的心就悄悄地温润了,变得清澈洁净。我想,我的选择是非常正确的。

时至今日,我加入社工这一光荣行列已第八十二天。经过懵懂期的茫然,迈过沉思期的无措,跨过身边亲友的质疑,我微笑着一路走过,不卑不亢。深谙自身的不足,我谦虚求教,踏实工作,积极参加各种专业培训,现在,我很自豪地宣告，我成了一名持证的一线社工。

首次主办四点半社区学堂家长交流活动时，面对数十双诚恳的眼睛，我的心由慌乱紧张慢慢地趋于平静淡定，中心主任鼓励的目光一直默默而坚定地注视着我，孩子们阳光明媚的笑颜让我如沐春风。我找到了自己人生的价值，恍然领悟，以后的社工之路，我将无惧风雨，爱与责任同在。

一个人的成长离不开团队的精神鼓励和专业技能支持，我非常庆幸能加入薯田埔社区服务中心社工团队。虽然我只是半途出家通过考试取得初级社工证，虽然我的年龄远远超过办公室里每一个"小朋友"同工，虽然我的实践经验如此孱弱，但是，我的团队用它最热忱、最真诚的怀抱宽容地接纳了我，每一个人都如此坦诚如此热心地给予我无私的帮助和耐心的指导，正因如此，成就了下岗七年后一个全新的我。后来，我也陆续地获得服务对象的赞许和认可，也更坚定了我执着于社工之路的决心和信念。

曾经六年的公益之路，我只是作为一名义工，"赠人玫瑰，手留余香"，懂得了更多的人生意义与价值；如今，当我真正成为一名一线社工，慢慢地学会了运用社会服务工作的专业知识和方法，以专业的理论作指导去更全面更专业为社会服务。"授人以鱼，不如授人以渔"，作为一名社工，及时发现困难人群的需求，提供专业的服务和支援，并帮助他们走向自救、自助，变得自信、自强、自立，充分体现了作为一名社工的专业价值，我开心且自豪！

"助人自助，自主人生"，让每一位有需要的服务对象相信有能力去改变自己，学会面对，学会独立，学会解决困难，从而发掘自身潜能，自主决策，最终获得成功蜕变和成长！这才正是社工的价值所在！

初期，因为诸多因素的干扰，我一度犹豫、徘徊、茫然、退缩，但是，现在的我变得坚定、执着、自信、快乐，这得益于我的一位好朋友，她是一名社工督导，正是她让我懂得社工这一职业的崇高与光荣，我永远记得她曾经鼓励我说："没有比放弃更简单的事！"感谢生命里一切际遇，我的人生才变得更有意义，我的世界因此更精彩！

社工之路，秉持一份真诚与善良，因爱与责任而执着；心怀感恩，无惧挑战，笃定前行！

家文化故事：蝶变

蝶变之一：社工缘

二十年前，正值风华正茂的年纪，我心怀梦想与期待，投入深圳这片热土的建设之中。追随时代的步伐，见证深圳日新月异的变迁，我的梦想在脚下这片土地生根发芽。心怀热爱与勇气，我深深眷恋着这里，这是我的人生主场，更是我的第二故乡。

青山碧水，民风淳朴，文化厚重，在这片美丽的土地上，我呼吸着自由的空气，乘着梦想的翅膀纵情翱翔。这是一座现代化的城市，宽容却不失严谨，自由而不缺原则，给予任何一位勇敢追逐梦想的人最适合能力施展的空间。

六年前某一天，下班回家途中，我无意中发现公园门口东侧有一个小岗亭。红帽红马甲的两位伙伴满面笑容，正在全神贯注地为一位游客讲解什么。这是我最初接触到"义工"，从此，我就与这个爱心名称结下不解之缘。"赠人玫瑰，手留余香。"我开心地接受这个城市给我的满满的爱，然后，我以自己的绵薄之力奉献同样真挚的爱，并为之传递。

因为爱，我们到一起；因为爱，世界更美好更温暖。成为一名义工后，工作之余，我投身公益服务活动中，因而结识了一批同样充满阳光和正能量的朋友。正源于此，我首次认识和了解到"社工"这一职业。这是一群可爱勤勉而敬业的年轻人，有着阳光明媚的笑脸，运用专业知识来提供专门助人的服务方法，让我深深领略到社工服务的无穷魅力！

偶然的机会，我有幸结识了一位社工。外表温柔文雅的她，工作时真诚、热情、耐心，且从来不拖泥带水，深得服务对象的好感。就这样，在她的影响下，我报考了社工，也荣幸地成为深圳注册社工队伍中一员。

与薯田埔社区结缘，还是两年前的那一个元宵节。当时，我作为一名义工，为社区居民服务。那一次，令我印象深刻的是，在一个"心愿墙"的游戏环节，有一位小女孩小燕想得到一个布娃娃。这只是一个普通的愿望，但因为小燕家境不宽裕，她的心愿无法实现。第二天，我买了一个布娃娃送到薯田埔社区服务中心，值班社工联系到小燕，她跑过来，抱着布娃娃开心地笑了。这一幕，深深地触动了我内心最柔软的深处。

半年前，一个偶然的机会，我应聘到薯田埔社区服务中心当一线社工，正式成为社区大家庭中一员。这是一个围合型的集聚社区，以外来工为主，人口约四万，本地居民一千余人。入职第一天，中心主任带我去拜访村委领导，一位年轻漂亮的姑娘热心地接待我们来访。经介绍，原来这是对我们社区服务工作特别关注和支持的党支部书记。后来经过几次工作上的接触，我发现书记干练果敢的工作作风，与她美丽的外貌相得益彰，不禁为之深深折服。最让我对她心怀敬重的原因，最主要是她对社区居民发自内心的关爱，特别是对我们外来社区居民的孩子们，各种活动开展所需要的物资和资金支持，党支部书记都认真关注并给予无条件支持，还为孩子们专门配备了一台新电脑，以便社工辅助孩子们家庭作业与播放周末电影。得到村委领导如此全力支持，我的工作开展更须尽心尽力。

感恩人生际遇，感恩身边所有人，因为爱，我们相遇相识，共享一方蓝天下的美丽家园，共建一个和谐美好大家庭，并为之坚持不懈地努力。期待并坚信，明天会更好！

蝶变之二：悠悠的欢笑

秋风乍起，凉意轻袭。细雨绵绵中，一群孩子背着书包，欢笑着跑进了社区 430 学堂。每个工作日的下午四点半，薯田埔社区 430 学堂开门迎接数十名小学生来写作业。开放一年多以来，深得社区内家长和孩子们喜爱。

下午六点，写完作业后的孩子们照例到二楼进行文体娱乐活动，有的打乒乓球，有的下棋，有的跳舞，有的唱歌。孩子们欢声笑语，济济一堂。

忽然，二楼东侧门边角落传来一阵轻轻的啜泣声。正在值班的社工警觉地发现了这一异常情形，立即跑过去察看。原来，正是社区430学堂的五年级女学生悠悠。社工老师镇定下来，慢慢地靠近她，双手轻轻地搭在她的因为抽泣而抖动的双肩上。小女孩感觉到了，转过身来，发现是社工老师，就扑倒在她怀里，哭得更大声了。这时，来了另一位年龄相仿的同伴，轻声告诉社工老师说，因为刚才小朋友们在一起打乒乓球时，起了争执，其中一个小朋友的家长批评了她，所以，情感特别脆弱的她觉得很委屈很伤心，情不自禁就哭了。

社工老师轻轻地搂抱了一下怀里的孩子，摸了摸她的头，给予她无声而温暖的支持和安慰。五分钟后，哭泣的孩子慢慢恢复平静。社工老师微笑着，递给她一杯水，轻声地问她现在心情好些了吗，孩子抬起头来，点点头说谢谢老师，然后，孩子主动地聊起来，原来，悠悠是外地人，今年十一岁，在这里上小学。父母感情不和，长期分居，为此，悠悠经常担心父母离婚，她害怕成为孤儿，甚至担心被送去福利院。长期以来，因为太多恐惧和忧伤，导致患上了轻微抑郁症，晚上失眠，害怕独处，晚上要开着灯才敢睡觉。有时，必须依赖药物才能安静入睡。

社工老师始终保持微笑，静静地倾听眼前这个忧伤满面的孩子诉说她的心事。这个孩子多才多艺，不仅会画插画和做比萨，还能拉大提琴，英语口语特别棒！老师不断地给予她肯定，并赞许地看着她。最后，社工老师给了她一个大大的拥抱，温暖而富有力量。悠悠紧锁的眉头渐渐地舒展开来，小心地问老师：以后我可以经常找您聊天吗？得到肯定回答后，悠悠终于面露微笑，如同开心的天使。

从此后，社工老师的周末时间，多了一份特殊的工作。那就是接待这个多愁善感的孩子悠悠，分享她的喜怒哀乐，并给她心灵上的抚慰与精神的鼓励。在外人看来，她们是一对感情深厚的母女，也是一对配合默契的师生，一起开怀地笑，一起静静地沉默，一起学习，一起看书，一起逛街，分享着时光里最真实的点点滴滴。

有一天放学后，悠悠兴冲冲地找到社工老师，说第二天学校组织去邻市秋游，邀请社工老师陪她一起去购买旅游用品。一路上，悠悠高兴地诉说最近一些开心事，比如说，妈妈周末过来看她了，爸爸出差回来带了一件小礼物给她，杂志插画被录用了，下个月即将进行大提琴表演。社工老师不停地夸奖她聪明勤勉，这个小女孩笑得更灿烂了，就如晨曦微露时怒放的花儿。

其实，每个孩子都是人间的天使，他们都是独一无二的个体，只要获得足够的关爱和温暖，以及鼓励与支持，就一定会拥有丰满而愉快的童年，健康成长，成为真正的快乐天使！

一封家书：祝你平安

亲爱的妹妹：

　　你一直都是勤奋努力、乖巧懂事的，无论幼时还是现在。前一天，你兴高采烈地给母亲打电话：老妈，我们回家陪您过年噢！父母忙前忙后地张罗，还特意准备了你最爱吃的梅菜扣肉和红烧肉。第二天上午你又来电话了，母亲连声问：到哪里啦？我好准备炒菜啦！啊，不回来啦？不是说好回来过年吗？……新冠肺炎，待命……你们省儿童医院有孩子发病吗？随时准备着？……行，你自己当心点，注意安全！父母亲很失落，但都习以为常了……多少个节假日呀，你都因为工作不能回家团聚。辉宝，岗位需要你，等工作结束后马上回来，我们都等你。

　　你默默挂了电话，父母亲坐回电视机前。电视切换到新闻频道：八十四岁的钟南山院士冒着生命危险只身赴疫区……就湖北武汉疫情接受访谈。父母亲明白了，作为医务工作者，你是属于这场没有硝烟的战争的。

如果我没记错，今年是你成为白衣天使的第二十五个年头了。当年的你，瘦弱高挑，却吃苦耐劳，不仅学习上刻苦勤奋，而且勇于挑战自己，从不向困难低头，乐于帮助他人。后来你被实习单位留用。你好学上进，勤奋努力，不断提升自我，本科、研究生一路走来，你的付出我们都看在眼里记在心里。你从来没有忘记自己从哪里来，为谁而活！你是从农村走出来的孩子，如今拥有称心如意的工作和幸福安定的生活，你打心眼里感恩党和医院的培养。为此，你勤奋努力，努力使自己变得更优秀！十七年前，非典疫情暴发时，你放下两岁的女儿受命前往湘西；现在，你和你的同事们手牵手肩并肩，战斗在抗击新型冠状病毒疫情第一线。我们唯有为你祝福。平时，你们是平平凡凡的普通人，但你们穿上白大褂戴上白帽口罩，就是最美的人！在病毒肆虐的时候，你们面无惧色，脚步坚定，两眼充满温柔、真诚，视每位患者如同家人，悉心护理、照顾，从生理、心理上给予患者最坚实的依靠，让他们勇敢面对阴霾，重拾战胜病魔的勇气，重振生命的希望。此刻，天使，就是你们的模样。

从电视上，我们看到许许多多和你一样的白衣天使都在有条不紊地忙碌着。顾不上吃饭，顾不上休息，你们心中执有一份信仰，肩上扛着一份使命，忘我地投入救死扶伤的战斗。看到你们疲倦地席地而卧，一个面包一包方便面就是年夜饭，我们心疼得落泪。昨天，听说你们又会诊、转诊了几位患者。你们在救治他人的同时，一定要做好自我防护，你们也是儿女，你们也是父母呀！此刻，我们更深刻地理解了这句话：没有什么岁月静好，只因有人负重前行！

辉宝，我们十分牵挂你。家里一切安好，放心吧。我们勤洗手，不聚会，不出门，不传谣、不信谣、不造谣，不给社会和国家添乱。

辉宝，你在哪里，你们在哪里，我们的心、我们的祝福就在哪里。

辉宝，我们等着你，等着你和千千万万的战友平安归来！

平安，平安……

疫无情，人有爱

当新型冠状病毒肺炎来袭，政府号召"科学防控，精准施策，打赢这场没有硝烟的战争"。一时间，万千医护人员从全国各地集结，汇聚湖北武汉，吹响战斗的号角。其他各行各业人员积极响应号召，配合疫情防控工作的开展。而我们普通群众要做的，就是居家隔离不外出，勤洗手，戴口罩，不信谣，不传谣，不造谣，积极主动地配合各单位的疫情防控工作。

"你好，我是社区居委会工作人员，请问你是幸福花园6栋413的李某某吗？今天是你们全家居家隔离第五天，我们照例对你们全家进行健康回访，你们身体感觉怎样？有无异常？发热吗？生活上有没有什么需求？我们会尽力提供帮助。"几乎每一天的上午九点半，我总是会接到这样的电话。

心头似有热流涌过，除了温暖就是感激，这是一群年初就上班，奋战在不同战线上的人民公仆，全心全意为老百姓服务，切实保障社区群众的生活安定。

下午四点，门铃响了："你好，我是社区居委会工作人员，给你们送菜来了。"打开门一看，是两个身着红马甲的年轻人，白色口罩遮住了大半张脸，虽然我看不清他们长什么模样，但我很清楚，他们是什么人。从他们手上接过一个硕大的购物袋，里面有猪肉、豆腐、青椒、白菜等，素荤搭配，一应俱全。"谢谢，谢谢你们！"我唯一能做的，只有感谢。他们也没有多余的言语，只是真诚地回复说："不客气，这都是我们应该做的，如果有其他需要，请随时拨打我们的服务热线电话。"

关注疫情，自我防控，人人有责。在我们的社区居民微信群，每天都有热心的居民转发来自新华社和《人民日报》的疫情信息，促进大家共享疫情最新发展情况，学习和掌握基本防疫常识。看到白衣天使们夜以继日地奋战在岗位上，大家一起为他们加油，也为奋斗在各条阵线的勇士们点赞。社区居民之间也相互关心、支持和鼓励："506的邻居，我这有一些口罩，先分给你一半，戴口罩能有效防感染，我们要做好自我防护，不给社会和国家添乱""光明区新增了3例新冠肺炎，但不可怕，不必恐慌。我们一定要记得，不要去人流密集场所，戴口罩，勤洗手，在家开窗通风，保障自身安全。""有咱们国家和政府的正确领导，有专业医护人员救治，我们对打赢这场战斗充满信心。"微信群里全都是加油、鼓励的表情包，满满的正能量！

　　我爱我的国，我爱我的家，有国才有家，我爱我国家。病毒肆虐，困难当前，疫情就是命令，防控就是责任，只要我们亿万人民团结一心，众志成城，就一定能获得这场战役的胜利！

　　加油，中国！胜利属于智慧、勇敢的中国人民！

以爱的名义

平时上班时间较忙，不只因为一直周旋于各种琐碎之事，也因为自己的不善言辞，所以，谨于言慎于行比较妥当吧。虽和亲友交流不多，但偶尔会在亲友微信群里冒个泡，以示自己的存在，这大概就是我最近八年来的生活和工作状态。有人问我，对此是否满意？或者喜欢折腾？我淡然一笑，各有各的活法吧，但是，我完全可以理直气壮地说一句，我的工作充满了爱和温暖，无论是我的付出，还是我的收获，皆如此，这就足够。

二〇一一年春末，我成为全职妈妈，专门负责小儿子的学习和生活。于是，闲暇时间我便参加本地公益服务，后来成为一名深圳市注册义工，拥有了正式的义工号和义工证。迄今，我的志愿服务时数超过六百小时。记得曾经获得街道和社区的星级志愿服务之星荣誉证,内心仍是非常欣喜和自豪的。在志愿服务期间,我和众多爱心伙伴一起,参加义工服务培训、学习手语、为福利院老人表演歌舞、去龙岗探视残障儿童、巡视河道、清洁社区等,每一次服务都投入饱满的爱和热情,同时也收获到付出后的信任、感动和温暖,感到生活每天都充满阳光,正能量满满。

四年前,因一次志愿服务我结识了后来成为我的督导的小景,她鼓励我报考社工初级职称,然后指引我如何学习和应考。于是,后来我持证正式成为深圳市北斗社会工作服务中心大家庭中的一员。从马田街道薯田埔社区妇女儿童群体的社会服务工作开始,历经老年人群体、志愿者群体、青少年群体、残障群体等领域的专业社会服务,如今在楼岗村社区残疾人服务中心。每天和一班可爱的老顽童一起,在欢声笑语中感受到时光的悠缓渐逝,感慨生命中所有一切都值得珍惜,同时也感恩彼此的关爱与尊重,传递一分分诚挚的温暖,如此淳朴而厚重。

以爱传递爱,以生命影响生命,秉持一分责任感,坚定执着,用专业手段开展社会服务工作,助人自助,让有需要的人获得温暖和发展,这是我正在做的,也是我将来一直要做的。

二〇一八年二月份,我们中心正式开始运营。面对一张张质疑的陌生面孔,我们几名工作人员不免心怀忐忑,几乎每天都要开个会,商议如何把工作深入细致地落到实处,让服务对象增加对我们的信任,从而我们可以更确切地了解他们的真实需求,从而让服务做得更好。

时间是最好的见证,我们工作人员从来不会对老人提高半个分贝说话,对他们的行走不便、视力和听力障碍带来的交流困难,我们极尽真心、耐心和热心。功夫不负有心人,慢慢地,有几位老人率先主动和我们打招呼了,脸上的表情变得轻松自然了,笑容也开始像花儿绽放——就像一朵朵向日葵,经过耕耘、播种、施肥、浇水、除草等一系列精心护理后,终于慢慢地茁壮成长,最后开成灿烂的一片笑脸,继而收获累累硕果。

爱是感召,时光在悄然之间流转,生活中的细节充满快乐和温馨,人与人之间的关系在悄然发生变化。端午节的时候,八十七岁的顺章婆婆悄悄地塞给我们每人一个香软可口的糯米粽,用新鲜的粽叶裹成的粽子,带着清香,冒着热气,极具本地特色。秋末的一天,细心的梁婆婆听说我家婆摔伤了腰,她给我送来一件她自己的棉马甲,说是托我转给家婆,可以为我家婆增福增寿保平安。春节放假前夕,兴叔特地去菜市场定购了六箱本地特色小食——熬饼,然后拖着行走不便的腿,走了好久,将六箱饼一一送到我们每人手中。海良哥每天早上都将他从家里带来的零食饼干和水果等分享给我们,看着我们吃下去,他才乐呵呵地咧嘴笑了。临近过年,我们几位远在外地的工作人员提前请假回家过年,老人们很不放心地反复询问,你们走了不会不再过来了吧?又叮嘱:一定要快点回来啊,我们不舍得你们走啊。未及听他们说完,听者早已经热泪盈眶。爱在心里涌动,传递着一份份关爱、企盼和祝福。

因为爱和真情，世间无处不充满爱和温暖，其中亲情尤甚。周末在亲友群闲聊几句，我无意中透露出最近身体小恙之事。其实只是前不久打算在北京大学深圳医院做一个小手术，检测甲状腺结节是否良性，我交了费，医院方面强调一定要有一名亲属陪同方可做手术。当时我身边没人陪同，无奈，只好退费取消了手术。弟弟和妹妹们闻言便担心不已，劝说我早点去就医，直言身体健康是大事，拖延不得。我笑着调侃自己，好人有好报，但亲友们却一直坚持劝说我一定要重视身体，务必抽空去医院检查一下才放心。我继续轻松地打趣说，我肯定死不了的。随后，我收到母亲的微信语音。打开免提一听，我的泪立即奔涌而下。原来，母亲在微信上关注了我们的聊天记录，她十分担心我。她用几近哽咽到声音变调的语气问我：儿呀，身体究竟怎么样了？有病就一定要去治，越早治就越容易治好，绝对不能拖延，如果没人陪同做手术的话，她就立马从家乡赶过来。她又极其自责说，都怪她平时少关心儿女们，没适当地加以提醒。儿女们年轻，不能生病，要是有病就让她来承担，反正她都老了，再怎样折腾也无所谓了，如此等等，一番话语重心长，让我无法收住那奔流直下的泪。言词简单朴实，没有半点伪装，却盛满最深沉最厚重的爱。儿女们健康、平安、幸福，就是父母亲最大的满足吧。

人间自有真情在，因爱永恒。

第四辑

笔墨评谈

说说《红楼梦》里的人物性格及命运

众所周知,《红楼梦》是中国古典文学的代表作之一,作者为清朝的曹雪芹(传后四十回为高鹗续写)。普遍认为,它是中国古代小说的一个艺术高峰。

因为作者自身的身世经历所积累的小说素材,这部作品更具有一定的深度和情感力度。在人物性格刻画方面,每一个角色都具有鲜明的个性,以及因性格而导致的不同命运。

其中的主角人物,有贾宝玉、林黛玉、薛宝钗、王熙凤、探春等。小说以宝、黛、钗三者的爱情悲剧为主线,对人物的情感世界进行刻画,揭示社会矛盾,使作品具有特有的深度和广度,令人读起来意犹未尽,百读不厌。

性格决定命运,说得不无道理。作品中主角各自具有典型的性格特征,命运迥异。先说贾宝玉吧,他是典型的"问题少年",向来不循规蹈矩,不爱读书,对功名利禄不感兴趣,只想随心随性地生活。他认为女子是"日月山川之精秀",而男人则不过"渣滓浊沫而已"(第二回)。他这样的观点当然违背了世俗观念,理所当然遭到了各方面的打压。更让他受伤的就是他和黛玉的爱情终未修成正果。而林黛玉呢,娇弱清丽,因为母亲早逝,被寄身于外祖母家,生性孤傲、敏感、细腻,极具自尊心。才情洋溢的黛玉从来不劝贾宝玉用功读书以考取功名,在贾宝玉看来,姑父家的林妹妹和自己情投意合,姨妈家的薛宝钗却是传统的大家闺秀,端庄稳重,处事得体,被贾府上下喜爱,她无疑是贾宝玉之妻的最佳人选。可是,贾宝玉一向都厌读诗书,不贪功名利禄。他的心一直都在林黛玉身上。最终导致了贾宝玉被"骗婚",林黛玉忧郁而终。贾宝玉后来离家出走,薛宝钗在孤寂中抱恨一生,这样的结局,实在令人唏嘘。

  人物的性格决定其命运,也决定了小说的悲剧性。

致敬傅雷先生和他大写的人生

早年留学法国巴黎大学，翻译过巴尔扎克十五种、罗曼.罗兰四种及伏尔泰四种等世界各国著作，尤其以代表译作罗曼·罗兰的《约翰·克利斯朵夫》、巴尔扎克的《高老头》《欧也妮·葛朗台》最为闻名，在中国国内又以《傅雷家书》而享有盛誉，这是我通过远人老师的文学专题讲座对这位中国近代优秀的翻译家、作家及文艺评论家傅雷最初的了解。

周日下午，阳光轻浅，世界温柔。光明新区文化馆 A 座 301 室，南边靠窗的沙发上，青年学者远人老师依旧一头标志性的长发，室内数十位听众凝神端坐。远人老师就傅雷与其人生经历、文学成就、写作态度与人格魅力侃侃而谈。没有麦克风，他的嗓音依旧清晰厚重，具有穿透力。他饱含敬重与仰望的讲述中，一个灵魂高贵、才识丰硕的学者，走近了讲座现场的每一位听众。

傅雷，一九〇八年四月生于江苏南汇县，字怒安，中国著名的翻译家、作家、教育家和艺术评论家。据说他出生时哭声大，故家人为其取名为"雷"，以"怒安"为字。其妻朱梅馥，贤淑善良，系其青梅竹马之表妹，生于书香世家，会弹钢琴。傅雷长子傅聪后成为世界著名钢琴家，次子傅敏成为教育家，编辑《傅雷家书》传世。

远人老师认为，傅雷先生之所以伟大，不仅只是因为他卓越的才华和留给世人的文学遗产，更因为他具有严谨的写作态度和坦荡刚毅的人格。一个伟大的文学家，唯具有卓越才识与非凡的人格魅力，方可在众多同时代的文学家中脱颖而出。为人坦荡、才华横溢而秉性刚毅的傅雷，注定拥有不平凡的人生。一九六六年九月三日他服毒自杀离世，留下人间大爱，雕塑了一座洁白丰碑。

远人老师对傅雷先生的文与人所熟知的程度，仿佛他们之间原本就是默契投缘的文学知己，而并非出生年代相差大半个世纪的两个人。就其文学修养、人格与才识，远人老师以饱含敬重的言辞，向听众们娓娓道来。

远人老师分享他的看法：傅雷原本就是一位作家，如果他不去法国留学，如果不是为了国内读者而转行专注于翻译国外作品，以他的文学修养与才识，也许他会是中国近代最优秀的作家之一。他最早发表作品是在《北新周刊》，发表作品集《梦中》，年仅十八岁，次年在《小说世界》发表小说《回忆的一幕》。二十岁时他远渡重洋至法国留学，学习艺术理论。受罗曼·罗兰的影响，热爱音乐。1931年他回国后开始翻译法文作品，第一部译作为苏卜的《夏洛外传》，主人公是英国著名演员卓别林所塑造的流浪汉经典形象的原型。通过他的翻译作品，国外多位名家名作从此走进了中国读者的视野。无疑，这是中国读者之幸。

对译作的严谨近乎苛刻，是傅雷先生的特点，也是他作为译者，在态度上追求细节的完美，与其他译作者最大的区别。对于初译出版的《约翰·克利斯朵夫》，近百万字的译作，他以壮士断腕的勇气，一一写信给朋友将原著作召回，销毁，然后花费数年时间一字一句重新翻译，再整理出版。傅雷把每一次翻译，都当成原作者的一次创作，尊重原意并创新，精益求精，字字推敲，句句传神。远人老师提到一个细节，那就是关于巴尔所克的著名作品《高老头》，这是现今大众所熟知的作品，但曾经为了这部作品的取名，不同的翻译家都有着自己的见解。比如，有一位叫穆木天的翻译家，他为它取名为《勾利尤老头》，读起来不只是有点拗口，字面上也看不出它本身的含义。但是，傅雷却将原文的音与原文的意和谐统一，为其取名为"高老头"，朴实普通的书名，让读者一读就能接受，他正如我们生活中随处可见的一个邻居老头，但又可能是深爱着不孝女儿的那个善良父亲，具有感情的温度。而本部作品中，当翻译到高老头的二女婿纽沁根时，将其人物描写译为"牛头马面的畜牲"，而远胜过另一位译作家穆木天所译之为"猪身上安装一个牛头"。为了求证作家的某篇作品中某条街道中某座建筑的一处描述，傅雷先生曾经写信给法国的一位朋友，请他根据原文的意思，将那一个场景画下来，然后，傅雷依据这个资料，再对作品做最翔实最恰当的翻译。对于《高老头》中第二位主人公伏脱冷。穆木天之译本为"吴特兰"，而傅雷斟酌其原作本意，结合人物的个性特征，将其名取为"伏脱冷"，其意不显自现：埋伏在人群中的逃犯，冷眼洞察社会，性格冷漠自私。这样，便更贴近人物的性格。试问，有几位翻译家能做到如此认真、严谨？

　　作为一名伟大的翻译家，傅雷先生注重作品的价值和文学性，而并非因利而为。虽然全家人的生活都依赖于傅雷先生译作的稿费，但他却并未翻译法国著名作家普罗斯特的作品《追忆似水年华》。为何？这就在于傅雷先生在对待文学的鉴赏态度上，在他看来，这部作品并不具有文学性。后期他对罗曼·罗兰的作品不再感兴趣，写信给香港的友人提及这位作家的作品具有过于浓厚的"新浪漫气息"，而缺乏原有的文学性。傅雷先生的译作里缺少《猫打球商店》，只因当时"文革"时期手稿遗失，而成为永远的遗憾。

　　经典的作品终究会为世人喜爱和珍藏，傅雷先生秉性坦荡磊落，不逐名利，一心只为文学的奉献。作为如此杰出的翻译家，他所任职位颇多，但从来未拿一分钱工资，和巴金一样，成为唯一两位不取薪酬而全心全意为文学做贡献的伟大作家。正为他的非凡卓越的才华与正直刚毅的性格，赢得了世人的拥戴与尊敬。傅雷先生愤而离世之后，有一位女青年读者，名为江小燕（或音同），虽然与他素未谋面，但她自称其干女儿,到当时的万国殡仪馆收下傅雷的骨灰并常年保存下来,这才有了一九七九年傅雷先生骨灰得以安葬于上海烈士公墓。

傅雷先生的成就如此卓绝,不得不重点提到一个人的默默奉献,那就是他相濡以沫多年的妻子朱梅馥。这位十四岁与他订下婚约的表妹,于十九岁时与他结为秦晋之好。朱梅馥同样出身于书香门第,但婚后放弃了一切,致力于协助傅雷先生的工作,一生同甘共苦,生死相依。在作家杨绛的笔下,她是"温柔的妻子""能干的主妇""沙龙里漂亮的太太",可见对于傅雷先生,她是多么重要的人。因与傅雷先生有生死之约,傅雷先生因"士可杀不可辱"愤然辞世,她亦自缢而亡,追随夫君而去。

一位寂寞的先知,一颗伟大的灵魂,一位卓越的学者,从不向庸俗妥协,从不向权势低头,以他刚毅的性格和他对文学的卓绝贡献,成就了一段大写的人生。

谈谈诗歌的语言

"好的文学作品需要精练的语言,选择一个合适的角度切入,然后再深入,继而占领,最后简洁明了收笔。"在这个周日的文学沙龙中,远人老师如此说。

遵从历来沙龙的惯例,本次沙龙的主题是点评光明作协的一位匿名会员的诗歌。各位参与沙龙的会员,依次对诗歌作品发表看法和意见,提出自己的见解,深刻剖析其中的不足,最终达到作品得以完善提升的目标。每次沙龙活动,会员们从来不会给作者留任何情面,都会针对作品本身抽丝剥茧一般给予批评指正,或一针见血,或语言犀利,或观点尖锐,都直指作品本身的弊端。

在远人老师的主持和引导下,大家聚焦其中一首诗歌《月色》,展开热烈讨论,各抒己见。

诗歌原文的一部分如下:

一座城　习惯了灯火通明

刀耕火种　渐行渐远

我们在祠堂里　细数祖辈遗下的峥嵘

转身走　一些记忆已经悠远

纷纷扰扰的过往　还萦绕在耳畔

在饥肠辘辘的日子　吞噬所有记忆的残喘

把镰刀换成火炬　跑步向前

拓荒　在打谷场上耕耘的蓝图

田野　一次次淡出视线

机器　就在院落里日夜轰鸣

恍惚间　已分不清　麦子稗子的纠葛

星光熠熠的日子　桂花幽香

蓦然忆及　马背上辽阔的月色

如今　该如何面对那些恓惶的蛙鸣

一江秋水　瑟瑟映出打鱼汉子的背影

…………

这首诗歌共计二十三行，限于篇幅，在此摘录其中前十五行。诗歌开头"一座城　习惯了灯火通明"，直入主题，简洁明了，非常好。既然打开了，就可以接着展开、深入、占领和收尾。可是，我们读到第二行，发现不对了，明显感觉到烦冗、多余。这一行，可以直接删除。再来读诗歌的第三行,"我们在祠堂里 细数祖辈遗下的峥嵘",这样直观地呈现一个场景——祠堂。暗示我们接下来所期待的一切都将与此相关联,或者直接发生在这里。可是,问题又来了。"转身走 一些记忆已经悠远",明明就是置身于祠堂,为何突然"转身走"?这就是一种无效表达,给读者一种拼凑的感觉。不如换成"一些悠远的记忆重新出现",这样,场景依旧是在祠堂,只不过思绪有点被拉长而已。这里出现了一个成语"饥肠辘辘",其实,诗歌一般都不过多地使用成语,除非作者对语言有很强的驾驭能力,能够合情合理地把控好。接下来,我们再读,会发现,其中几行诗句完全是多余的,可以改换成"把镰刀换成火炬 田野 一次次淡出视线 一江秋水 瑟瑟映出打鱼汉子的背影"。以名词呈现出来的场景,语言有弹性,让读者感受到作者在"以我手写我心",理解其内心的真实表达。

在此,我们需要理解语言是什么。语言是一种工具,用以表达和呈现,而不是用语言表面的光华来堆砌。每一位写作者,都必须服从内心最深处的东西,再借助语言这个工具来贴切表达。诗歌的语言在于精练,也许散文需要十句词语来表达的东西,而诗歌只用一句就能涵盖,这就是诗歌的魅力。写好一首诗,还要注意语句间的起承转合、内在逻辑性和关联性,语言要简洁朴素,少用形容词和成语,忌生僻字。名词的表达是简洁的,也是最合适的,能够清晰地呈现一个场景,让读者感受到作者想要表达的是什么,而不是凭借文字表面的光华来展现的。最后值得一提的是,这首诗歌的题目和内容不是太契合,值得斟酌一下。

　　要写好一首诗或一部文学作品,需多读国内外经典作品,那些经过时光沉淀和检验过的作品,才是真正优秀的文学作品,不仅具备真正的文学性,也有其独特的魅力,能够指引我们在文学创作的道路上得以精进和提升,继而走得更远。

渡过命运这条河

一条船,一只狗,一座塔,一位老人,一个女孩,一座渡口,穿插船总顺顺、其子天保和傩送的情感变化,故事情节婉转起伏,终篇谱写一曲凄美的挽歌。掩卷而叹,为女主角的命运深深惋惜。这是我读完沈从文先生的中篇小说《边城》后的直观感受。

毋庸置疑,这是一部在现实主义中融入了浪漫主义艺术手法的优秀文学作品,文笔优美,情感真挚,彰显了人性的淳朴、善良与纯洁,让人对湘西这一片美丽净土充满了无限的憧憬。

老人是船夫,住在"游鱼像浮在空气中"的小溪边,周围有翠碧的成片黄竹林,杜鹃、山雀在唱歌。他在碧溪岨撑渡五十多年,从不收过渡钱,但凡有人非得付费,他就将买来的上等烟草回赠——一个善良且执拗的老人,身边除了一只黄狗陪伴,他生命中最重要的人就是他十五岁的孙女翠翠了。翠翠是一个父母已逝的孤雏,由祖父养育长大,与外界几乎没有过多接触,最多也就是看到有新娘子由送亲的队伍簇拥着来去,她便了解一些世俗民风,慢慢也懂得了一些男欢女爱。"牛羊花轿上岸后,翠翠必跟着走,送队伍上山,站在小山头,目送这些东西走去很远了,方回转船上,把船牵靠近家的岸边。……或采一把野花缚在头上,独自装成新娘子"。离碧溪咀渡口约一里以外的河街,大约就是翠翠眼中最大的世界了,那里除了有龙舟比赛、泅水捉鸭等饶有趣味的活动外,还有河街上的铺子里摆放着的白糖、酱油、芝麻饼子及街头巷尾一些趣事。

　　船总顺顺是本地极有威信的人物,非常仗义,深受本地人爱戴。他有两个儿子,长子天保,人称大老;次子傩送,人称二老。在其父教导下,"……两个人皆结实如老虎,却又和气亲人,不矫情,不浮华,不依势凌人。"尤其次子傩送,生得格外貌相出众,人们称之为"岳云"。翠翠与祖父第一次到河街看龙舟赛,是二老与翠翠初次相见,二人暗生情愫。这种情感纯洁无瑕,他们各自隐藏在心中,不敢言明。但大老在过渡时也对翠翠情有独钟,对撑渡船的老人直接夸奖翠翠生得美丽。老人听了自然开心,而他全然不知翠翠情窦初开,对二老一见钟情,老人当然希望孙女幸福,若翠翠能够嫁入船总家为大老当媳妇,那他就非常满意了。老人希望大老选择"车路或马路"的方式来获得翠翠的应允。大老先选了车路,是直接提亲,但碰了壁,于是想走马路,花三年六个月来唱山歌打动翠翠。但他本身不会唱,于是会唱歌的弟弟二老占了上风。二老唱了一宿,翠翠听了一宿,"……梦中灵魂为一种美妙歌声浮起来了,仿佛轻轻地在各处飘着,上了白塔,下了菜园,到了船上,又复飞窜过悬崖半腰——去做什么呢?摘虎耳草!"

此时,命运悄悄地开始发生了转折。大老得知弟弟也喜欢上了翠翠时,感到有点绝望,颇受打击,故自请跟着新买的船离开河街,远行。途中船身撞到石头,大老不慎落水遇难。得知消息后,老人觉得大老的死跟自己不无干系,悔恨且自责,极其不安,感觉如同有块石头压在心上,让他喘不过气来。后来,老人陆续去找船总顺顺和二老,却均被误会他急于将孙女嫁入富人家,以致误会越来越深,老人心中的结越来越重。在一个雷雨的夜间,象征本地风水的白塔轰然倒塌,老人也悄然去世。而翠翠终究未得到二老的爱,因为二老因了哥哥大老的死,故意回避老人和翠翠,不惜跟他父亲吵架以求得远走"坐船下桃源好些日子了",到了冬天,那个坍塌了的白塔重新修好了,"那个在月下唱歌,使翠翠在睡梦里为歌声把灵魂轻轻浮起来的年青人还不曾回到茶峒来"。……这个人也许永远不回来了,也许"明天"回来。

命运何尝不是一条河,怎样将自己渡到幸福的彼岸,谁又知道呢?

谈谈小说的写作与文学的标准

周日下午三点,光明作协近二十名会员齐聚光明文化馆 A 座三楼 301 室,在作协主席远人老师的主持下,开展了二〇一九年最后一场文学沙龙,评析了某一位作协会员的短篇小说《家》。至此,光明作协二〇一九年共十二场文学沙龙完美收官。

三千五百字的小说《家》,通过对话来展现了一对热爱文学的中年农村夫妇对家乡基础建设的奉献,凸显了一份坚贞的家国情怀和拥护党的领导的那一份执着而坚定的信念。

怎样来写好一篇小说,又何谓作品的文学性呢?结合这篇作品,大家都发表了各自的看法和意见。首先,我们来看看小说的标题"家",它是否切合主题内容?当我们通读完整篇文章,会发现,我们作为读者获得的信息,是夫妇中的男主人劝说女主人捐献家中的六万元存款，用于为村民打一口水井。家，是一个温暖的港湾，是疲累之躯的休憩地，是一个充满爱和温馨的地方。显然，此标题并不太切合小说内容，作者走入"主题先行"的误区。其次，在作者的笔下，男主人为了取悦女主人，从其热爱文学的角度入手，张口就吟诵她多年前写过的诗歌。初看，这并无不妥，但细究便不难发现其中的破绽。男主人怎么会对女主人曾经写过的诗歌熟稔于心，张口就能吟来？这并不真实，也明显不符合逻辑。所以，这是作者把自己的意愿强加给了角色，利用角色在撒谎，这是为文者大忌，也脱离了文学的标准。我们要明白，每一个小说的角色都必须以其言行来塑造自己角色的独特性，都会打上唯一的标签。尊重事实，让角色的语言和行为符合其身份，从而塑造出特定的人物形象，进而具有独特的性格，然后引导角色走向其命运。再次，一篇好小说，会先制造矛盾，然后通过环境和情节的合理设置来化解矛盾，但本文很少在自然环境和社会环境方面着墨。作者在处理冲突时安排得过于平淡，让读者从开头就能知晓结局，显然，这篇小说不能算是成功的。

最后，远人老师结合各位会员对本篇小说作品的解读和点评，做出总结，给予全体会员启示。写小说不必主题先行，写作，无须取悦谁。也通常不适合用整篇的对话来推动情节发展，小说塑造人物形象，赋予角色独特的个性，"性格决定命运"，角色因个性走向既定的命运。当然，也有名家写过以对话为主的小说，比如，海明威的《白象似的群山》，全篇约三千字,但他对文字的驾驭能力,并不是我们普通作者能做到的。写小说,尤其写一部好的小说,作者要善于"分裂自己",投射到每一个角色中,而不是把自己的意愿强加给角色。对于我们每一位写作者而言,先要知晓,写作不是为了取悦和迎合编辑或读者,而是为了作品本身的文学性。每一次落笔,都需要符合文学的标准,而所有的标准都在时间里,依靠时间来沉淀和验证。莎士比亚创作的作品中每一个人物都具有鲜明的性格特点,都是独一无二的角色。写作不需要撒谎,要尊重事实,他该说什么话、做什么事,都要符合角色的身份。总而言之,我们还是要多阅读,从阅读中学习和借鉴。常言道:"读书破万卷,下笔如有神。"不无道理。人是渺小的,书本是无垠的,文学是庞大的。我们要怀有一颗文学之心,把握好方向,凭自身对它的热爱和情怀,去尝试靠近它,平时多读经典名作,从中汲取文学的营养,指引我们踏实走好每一步,不断地提升文学修养,获得成长。

无以突围的命运

中篇小说《罂粟之家》,作家苏童用冷酷的笔触复活了枫杨树村一九三〇年到一九五〇年的农村历史,充满荒诞、暴力、苦痛与罪恶。这是我第一次读苏童的作品,不由得想起了余华的小说《活着》,作品中的主人公似乎有着相同之处:命运尤为坎坷,更多的是一种无法挣脱的苦痛和无奈。

人物角色不多,刘老侠是地主阶级的代表,陈茂则是农民阶级的代表,双方之间存在必然的对立和斗争,同时在生活中有着千丝万缕的纠缠。他们大多数都有一颗压抑的灵魂,同时,都被打上了悲剧的烙印。

罂粟,是一种神奇的植物,它有瑰丽的花期,也有颓败之时,隐喻旧时代农村随历史推进的最终宿命。土地是财富,是欲望的目标,刘老侠为了获得土地,不择手段,将弟弟刘老信的坟地抵押为自己的耕地，种上了罂粟；把自己和前妻猫眼女人所生的女儿刘素子以三百亩地的礼金卖给了老财主；后来甚至为了保全自己的土地财产，不惜让土匪姜龙劫走女儿当了三天三夜的压寨夫人。作为小说的主角，刘老侠在生理上的缺失以致养不出一个像样的儿子，他压抑的内心驱使他学会隐忍，用另外的方式来弥补。明知儿子刘沉草是他的长工陈茂和二房翠花花所生，却装作不知情，但总是从各方面欺压、羞辱陈茂，让沉草把他的亲爹当狗来使唤，让陈茂学狗爬、狗叫，如此一来，陈茂对老地主刘老侠的恨蓄积在心里，只等情绪火山爆发的那一天，也暗示了受剥削受压迫的农民阶级始终会推翻压在他们头上的地主阶级。

所有人的命运都逃不掉悲惨的烙印，而刘沉草又是其中最悲惨的。他原本在新学堂接受教育，穿着黑制服，和同学打网球，但是，命运之舟却被他的父亲，也就是刘老侠，强行改变了方向。由于猫眼女人所生的大儿子演义疯癫，女儿刘素子像猫一样整日嗜睡，只有二房翠花花所生的刘沉草还算灵醒，刘老侠把沉草当作家族的继承人来培养。无论何时，刘老侠都向儿子沉草输灌一种思想，让他觉得自己就是主人，权力至高无上，所有的长工、佃户都是他们敛财的工具，都是像狗一样地存在，必须无条件服从他们。后来，无法回避现实的刘沉草学会了吞食罂粟面，在一种蒙眬状态中将哥哥演义砍了五刀致其毙命，他的命运发生了质的蜕变。就算刘沉草从其他人的眼神和口中得知陈茂是他亲爹，而且他也能从生理上感觉得到他们之间血缘关系的存在，因为每次看到陈茂，他就感觉身上奇痒难耐。自然，他明白这种存在的理由，但他心里是否认的，是绝对不愿意接受和承认的，而且他要亲自替父亲刘老侠杀了陈茂。

　　当历史走向一九四九年，每个人的命运都发生了改变，首先是刘老侠发现罂粟卖不出去了，无法换回粮食，他感到有事要发生。后来就是被刘老侠赶出门的陈茂重返枫杨树村了，但是他头戴镶嵌了五角星的帽子，将腰间的唢呐吹得震天响，他鼓动所有枫杨树村的佃户推翻刘老侠！而后者也不是省油的灯，反而找人将陈茂捆绑起来，抬到象征家族权威的蓑衣亭子，脱光他衣服后尽情羞辱了一番。这也埋下了陈茂要变本加厉地报复刘老侠的仇恨的种子，后来，陈茂被革命组织的领导成员庐方救下。陈茂瞅机会去劫持了刘老侠的女儿刘素子，并在蓑衣亭子强暴了她。作为刘沉草的同学庐方，面对思想沉沦无法自拔的刘沉草，无法施以援手加以解救，以致后来刘沉草在父亲刘老侠和姐姐刘素子的指使下用仅存的两颗子弹结束了亲爹陈茂的性命。此时，读者不难读出刘沉草内心的纠结、痛苦，但他找不到命运的出口，只能坐在那个演义曾经吃馍的黑陶瓮里，吃陈年罂粟面，麻痹自己，弄得神志不清，这样，代表革命者的同学庐方顺理成章地朝他开枪，作为地主阶级代表的刘沉草，生命终于画上了句号，也代表了一个阶级的消亡和土改革命的胜利。

　　枫杨树村人一生都在痛苦的命运里挣扎，却始终无法突围。对此，读者内心徒添沉重之余，唯有一声叹息。

第五辑

心向光明

光明，我的第二故乡

时光静若沙漏，悄悄地，在身后堆成泛黄而温馨的回忆。一晃二十载春秋，倏然不见，令人感慨万千而又似乎措手不及。

只是一双平凡的眼，见证了这一片土地，风和雨的变迁。几多忧，几多喜，集结成深情，无法舍弃。

曾记否？当年的青涩少年，怀揣小小的梦想，不远千里，跋山涉水而来，无畏山高水远，路途遥遥，不惧风雨坎坷与艰辛，终抵达祖国南疆边陲小镇这方热土，停伫在这片陌生的土地，惴惴不安中，开始梦想的启航。

这个鲜为人知的小城镇，美丽而宁静，它的名字叫光明。

这是一片静寂的土地，陆续迎来了远方而至的温暖与力量。人们热情洋溢，信心百倍，满腔激情地投入到它的怀抱中，开始事业和幸福生活的迢迢征程。

青山绿水不再沉寂，山野间遮天蔽日的芦苇开始蜕变。沙尘淹没的荒坡小径，人迹罕至，慢慢地，车来人往。机器夜以继日地工作，隆隆的轰鸣声中，城市新貌渐趋雏形。

小城的变化翻天覆地。一幢幢高楼大厦拔地而起，芦苇的招展日渐消逝，一条条笔直的柏油路取而代之，横亘于各村镇之间，而阡陌荒野也被织成纵横交错的公路网，将幸福美好的生活绵延到人们心间。

眼前景象日新月异，初抵小城时的茫然与不安渐渐消失殆尽，眼前呈现一幅美丽和谐的生活蓝图。

如今，这里通信发达，交通快捷，回家不再是难圆的梦。和谐号停泊在光明城站，随时承载思乡的游子，回归故乡。而高速公路纵贯神州南北，指日之下，万水千山，锦绣美景，便可尽收眼中。

山更青了，树更绿了，天更蓝了，人们的笑颜更加灿烂。勤劳智慧的种子在这里播下，发芽，开花，结果。自信自强的人们硕果累累，事业蒸蒸日上，幸福欢歌在此奏响，幸福之花处处开遍。他们追逐岁月的脚步，拼搏奋进，不断实现心中的梦想。

美好和谐，平安幸福，如春风在心中荡漾。步履匆匆的人们，开始放缓行进的步伐，宁静的目光里，于淡泊中充满爱与希望。

晨曦微露的公园，人们健步在石板小径。周围果林浓郁碧绿，交错掩映，而花朵清香扑鼻。轻风拂面而来，夹杂着青草花香,迷了眼,醉了心,洗涤凡世素心,一尘不染。

平整弯曲的自行车绿道,常常可见年轻人结伴骑车疾行而过。风华正茂的青春啊,这是你骄傲不羁的资本。路畔的花草,随风起舞,展示生命的不凡与坚强。而虫鸣鸟唱,又谱写了一曲世界上最优美动听的和弦。

红帽、红马甲的笑颜,成为这个城市随处可见的靓丽风景。微笑写在脸上,爱跳跃在心中。哪里有需要,哪里就有他们善良热情的笑容。一份份关爱,一份份温暖,如涓涓热流,润泽在这片光明大地,浇灌出世间最美丽的花。赠人玫瑰,手留余香。他们有自己坚定的信念与奉献精神。因为爱,走到一起,彼此就是亲人朋友。伸出双手,拥抱爱和希望,相守相亲到永久。

斜阳西下,余晖晕染天际,倦鸟归林。偌大的广场显得喧闹而活力四射。人们热衷于各种健身活动,而俏丽灵动的舞姿则成为众人瞩目的焦点。音乐,快乐,笑颜,主宰了这场幸福主旋律。

邻近的图书馆里,灯火通明。埋头于书海之中的人们,求知若渴,沉迷于淡淡墨香,悄然陶醉。觅一本好书,选一篇佳作,读一段美文,赏一幅书画,至绝妙处,不禁会心一笑,或情不自禁拍案叫绝,惊扰了周围的人,自觉稍有失态,忽又低头沉醉于其中。书中自有颜如玉,书中自有黄金屋,而饱读诗书者,必然腹有诗书气自华。人生阅历,与知识的积累,相得益彰。私以为,读万卷书胜行万里路,读一卷经典,犹如站在伟人的肩上,高瞻远瞩。

只要心中有梦，就有希望；只要心中有爱，就能创造奇迹！光明，以她独特的风格与雄厚的实力，陆续承办了许多国际赛事，让幸福的光明全民共襄盛举，同庆欢乐！文明在传递，社会更和谐，人们的幸福指数在攀升！

怎能不衷情不热爱这一片青山碧水啊！这是一方暖热温情的土地，传承着善良与美丽。这是一方藏龙卧虎的闹市，人才济济。这是一方丰饶辽远的疆土，只要有梦想，就一定会开花。这是一片美丽宁静的山水，陶冶了情操，洗涤了尘垢，丰满了人生。

背山临海的美丽都市啊，怎不让我情系心牵于你？虽然你不是生我养我的故乡，但你却是我人生的主场，是我挚爱的第二故乡！这里有山有水有蓝天，有爱有善有温暖，这里有我点滴成长的痕迹，从蹒跚学步到雏鹰奋飞，如今安居乐业，事业小成，安宁幸福如此，我心何求？

这里是梦想放飞的沃土，这里是大爱无疆的都市，这里是我永远与之相亲相爱的美丽家园，不离不弃！

我爱你！大爱大美的新光明！

我坚信，光明的明天就是光明！

阳台上的茉莉花

时近月半，满月当空，室外夜色如水，静宁路上人车稀少，对面楼宇里的灯光均已沉寂，城市的喧嚣停止了，暖白的月光在四楼的阳台上铺了一地。独坐客厅里，我捧着一本书，这是我最喜欢的一册散文集，城市里的鸟鸣慢慢唤醒我沉滞在文字里的听觉。隐约的花香穿梭在悦耳的鸟鸣中，让我恍然置身于广袤的大自然，在一片看不到边际的森林里，仿佛看到了一个金色太阳，避开白云的纠缠，横卧在树梢上。还有点点光斑，穿过树枝悄然散落，停伫在树林的空地上，变成无数个小小的太阳，调皮地跃动，和密林里各色的野花与青草一起跳舞。林子里处处充满欢快的鸟鸣，风吹过时捎带的隐约花香，掺杂各种虫噪，如同大自然的一场音乐会。偶有几只野兔从整片绿色里划过一道道身影，一闪即逝。眼前的一切，如此灵动，如此生机盎然。

这时候，有微微的风穿过阳台两扇推拉门的缝隙，向客厅里涌进来，无声无息，却裹挟一种清新和芳香，轻轻浅浅，空气里浸润一阵阵甜蜜的味道，恣意地入侵我的嗅觉，然后渐渐地弥漫于整间客厅。莫名地被这种芬芳牵引，我放下手中的书，迎着花香飘来的方向，移步阳台上。月光花影下，东侧阳台上的那一株茉莉花正悄然绽放。即便未开灯，我也能清楚地看到点点洁白，俏皮地躲闪在枝叶间，淡雅的馨香恣意泼洒出来。"一卉能令一室香，炎天犹觉玉肌凉。"月影清凉，暗香浮动。我不由得深深呼吸，便觉全身清爽，在这花香中迷了眼，醉了心，完全被茉莉花的芳香俘虏，无法抗拒。

身体的每一个细胞都在这时候被唤醒，同样充满蓬勃的力量。漫步阳台，满地的月光被我轻轻踩碎，我恍若听到一种轻快的旋律悄然响起，在清雅的芬芳里蔓延。阳台上都是我几年以来一直侍弄的花花草草，一年四季不分季节地展示一片盎然生机。西侧的蝴蝶兰开了好几次，唯恐我看不到它的绽放，居然探头到了阳台之外的位置，特别显眼。其状似蝴蝶翩跹，振翅欲飞。最爱它浅紫的花纹，凑拢在一起，围成花心，又娇羞地探头伸出几根黄色的花蕊来，欲说还休。占据阳台最多位置的是兰花草，只是非常大方地奉献它旺盛的生命力，不断地扩张地盘。我从最初的母株分离出来几株小枝，一年后，它的子子孙孙几乎早已超过了原来地盘的十数倍。还有几株仙人掌，我几乎从来没打理过它，但它也从来不介意，兀自生长，即使有时候我外出数天，当其他花草都因缺水而打蔫，显得无精打采的时候，它仍然保持着那种旺盛的生命力，绿得坚定且沉着。另外一株藤蔓植物，就是我一直期盼着结果却始终无果的百香果苗，它顺着窗棂向四周攀附，发展的势头完全不输仙人掌，在阳台护栏上长成了一网绿色的屏障。可是，如果一连几天不给它浇水，就见它耷拉着脑袋，无声无息地悬挂在窗棂上，以示抗议。绿萝是我喜爱的植株，无论土养还是水养，它生命力强大，易存活，只要保持足够水分它就长得青翠欲滴。不过，后来我才发现，它的根部吸水能力太强，在花盆底部盘根错节，慢慢地将植株外露部分从花盆里挤兑出来，绿萝叶片因无法吸收足够的水分和营养，显得瘦小而枯黄。我只能将它从花盆里全部取下来，用刀具为它修理，切掉大部分根茎后再放回花盆里，无须时日，绿萝便叶片肥硕，叶面反射清亮的光泽，青翠欲滴，长势喜人。

在生机勃勃的阳台上，茉莉花仍是主角，不卑不亢，不悲不喜，兀自生长。我记不清它什么时候来到我阳台上的，而且占位显眼，正对着客厅的门口，入室便见。如今她长得枝繁叶茂，花骨朵玲珑精致，点缀其中，洁白的花与碧绿的叶相得益彰，在整个阳台的花草中如此出众，特别引人注目。月光如水倾泻，茉莉花的花骨朵如白玉珍珠般跳跃在枝叶间，怒放的花朵则在月光下摇曳生姿，与清风共舞，幽远清香。

犹记得幼时第一次见到茉莉花的欣喜心情。那时候，刚上初中，每天上学和放学均途经一户养花人家的庭院。透过红砖堆砌的围墙孔，可以看到院内种了好多花。后来我发现，原来那一户是我同学家，她家的庭院里种了好多花。最常见的有月季花、栀子花、菊花、凤仙花（也叫指甲花）、夜来香、四季青等。她有时候会分给我一些花的种子带回家种，偶尔会移植一些花苗给我，但我总是养不太好。有一天，她约我去她家看花，表情有点神秘。随她进入庭院后，一种芬芳扑鼻而来。那种馨香带来的欣喜是不可言喻的。我好奇地环顾左右，脚步跟着她，亦步亦趋。随她来到庭院最南侧，视线中突然出现一个靛蓝的大花盆，目测其直径至少也有六七十厘米。而花盆里有一株不知名的花，细枝错节，有点像灌木，约半米多高，生机勃勃，越靠近它就越能闻到一种清淡的馨香，不同栀子花香的浓烈，却又比夜来香微浓几许。到了花树前，我终于看到玲珑的花骨朵米白中透着浅浅的乳黄，而那种淡而雅的香气，来自完全绽开的花朵，雪白炫目，如微小莲花状，单层花瓣呈圆形环绕排列，又向中间聚拢，花蕊短小，如嫩绿芽苞。凑近细看时，它的香气愈加浓了，却似乎有一种吸引力，使人陷入其中，沉醉，久久不愿离开。同学得意地告诉我：你没见过吧？这叫茉莉花，我们这边少有，是我省城的姑妈带来的。从那时起，我就期待有一天，我家门前也能种上一株茉莉，想象花期正盛的时候，我能捧一本书，在树前，赏一缕花香，摘一瓣心香。

  此刻，我努力在记忆里搜索这株茉莉花的来历。终于，我记起来，几年前秋天，在一次下班途中，遇到一位脚踩三轮车的阿姨，拖着满车旺盛的绿和红，沿街吆喝叫卖。爱花的我忍不住凑上前去，挨个看看，嗅嗅，全然一副花痴模样。阿姨估计我有买花的意向，于是推荐几种花草供我选择。她指着翠碧的绿萝说：这个好养，不用打理，加足清水就行了。又取过来一小盆茉莉花说：看看，精致小巧，长不高，不占地方，一年至少两次花期。这种花易养，无须经常打理，不长虫子，只要保证水源供给就好。茉莉花的香气特别柔和、芬芳，没有人不喜欢它的。于是，我几乎不假思索地就收下了这两盆花草，满心欢喜地带回了家。

可是，没过多久，我发现茉莉花的枝叶突然变得枯黄，叶片纷纷掉落，几天后，就只余了光秃秃的几条细枝干。我一看，心里着急，莫非水土不服？这怕是养不活了吧。后来，它就真的直挺挺地矗立在花盆里，了无生机。惋惜之余，我还是抱着一丝侥幸，坚持隔天给它浇一次水，松松土。经过我的悉心呵护，它大约是被感动了。过了一周时间，它果真不负我的诚心善待，给了我一份惊喜。眼见着枯黄的枝干上冒出了几个芝麻一样大小的嫩芽来。我欣喜不已，每天早晚都要去观察它的成长变化。终于，在我的期待中，一个月后，它骄傲地倚立在花盆里，枝叶茂盛，几乎覆盖了整个花盆。我担心它长得太高，向外伸展太多空间，于是，将特别长的几根枝条断了尖。然后，我把一些瓜果的皮肉切碎，掺杂一些泥土放入花盆做天然肥料，却引来无数只飞虫，令人不适。先生提醒我说，还是去买些花肥吧，至少不会生虫子。但我觉得，用这些瓜果作肥料，天然无害，茉莉花一定会长得更繁茂的，将来也一定会开出许许多多洁白芬芳的花朵来。

果然，在这宁静的夜里，茉莉花悄然绽放。在片片绿叶映衬之下，宛若夏夜天空中闪烁的繁星，朵朵都是迷人的微笑，令人心静神怡。月光流泻，花影绰绰，茉莉花洁白的花朵娇小玲珑，一丛丛，一簇簇，玉骨冰肌，俏皮可爱，在微风里起舞，喁喁私语。"冰姿素淡广寒女，雪魄轻盈姑射仙"，雪白的花朵透着圣洁与清纯，独具魅力。茉莉花花朵较小，略显平凡，却又能在诸多名花中独占一枝芬芳，既有玉兰之清雅，又具腊梅之馨香，圣洁高雅，备受人们喜爱。夜色中，万物沉睡，仿佛这个世界只有它的存在，淡然、清新、素朴，散发一份独特的韵致和醉人的美。

"好一朵美丽的茉莉花，好一朵美丽的茉莉花，芬芳美丽满枝丫，又香又白人人夸"，邓丽君的歌声柔婉清丽，触摸内心柔软之处。恰似这静夜里灿然怒放的花朵，散发令人无法抗拒的魅力，洗净尘世间物欲名利带来的聒噪，安抚漂泊不宁的心。于是，为生活疲于奔波所带来的倦怠，便随之渐渐消减。但愿今夜的梦里，只有茉莉花的芳香，淡泊从容，去拥抱真正的欢笑，回归真我。跌宕的人生，若如这寂寂中成长的茉莉，不争名利，无取无求，始终保持一分内心的纯真和淳朴，去伪存真，终能在一片清雅的芬芳中成全自我的完美，岂不是一桩乐事？

夜阑人静，清辉若水，因了这株茉莉花的陪伴，我忍不住在阳台上多待了一会儿。

夜色中的上村狮山公园

作为深圳市消防主题公园,公明街道上村狮山公园位于公园北路的宏恒泰工业区附近,占地 37500 余平方米,为绿色森林所覆盖。漫步入内,顿觉空气清新温润,心旷神怡。家住光明,享受花园城市品质生活,是我深感幸福开心的事。

因为疫情久不曾外出,周末晚上,我信步来到狮山公园,突然发现这里有了新的变化,令人欣喜。公园内一如既往地幽静,圆长条形太阳能灯投射出柔和的光。从西边的入口进入后,沿中间一条碎石小径曲折迂回往东,经过两座凉亭和南边的篮球场,就到了一处消防公益宣传栏。相对而立的两排玻璃框约两米高,外框红色,里面都是印刷好的大幅彩色宣传海报:"关注消防,珍爱生命""消除隐患,安全无虑""消防安全小知识"等,白底红字更醒目。市民一边开心游玩，一边还能轻松学习消防安全常识，并时时感到警醒。人人都具备消防安全意识，预防火灾，我们的生活就更安宁。公园内的每一条小路两侧都依次树立着可爱的红色卡通形象消防宣传标语，严肃又活泼。

公园东边新增一处儿童游乐场，地面铺上了深蓝色地垫，踩上去松软舒适，也最大限度地保护了儿童的安全。游乐设备醒目的红黄色搭配，让游乐场更添几许开放、包容和热情。旋转滑梯吸引了众多幼童玩耍，欢笑声不绝于耳，家长们则耐心地守在一旁，眼神里满是深情爱意。有的家长离得稍远一些，偶尔看看手机，不经意间嘴角一扬，扑哧，笑出声来。也许他们正在刷抖音吧，这个世界的美好无处不在。

沿着呈椭圆形石子小径环绕一周，来到北边的休闲小广场，这里是最为热闹的地方。便携式小音箱里欢快的音乐响起来，一群年轻人踩着节奏跳起了时下流行的"鬼步舞"，动感而欢乐的舞步洋溢青春活力，吸引不少围观的人跃跃欲试。再往西北角缓行，迎面便见一对对中老年男女随着优雅舒缓的音乐跳着国标"慢三快四"，太阳能灯清晰地映照出他们脸上的从容淡泊。或许，他们经历生活的风雨之后活出了一个最优雅的自己，这代表他们对人生的一种态度，也展现出他们对幸福生活永不停步的追求吧。

随处可见的红色宣传栏在夜色里异彩夺目，想必每一位游玩的市民都和我一样，能深深地感受到一种莫名震撼的力量，牵引思想和精神走向一个新高度。各种造型极具特色，诠释特定理念，足见设计者匠心独具。由党徽、红旗和三个同心圆组成"中国梦"的造型；五角星与党徽组成"听党指挥，永远跟党走"的造型；祥云纹圆环、党徽，象征"不忘初心，牢记使命"。在党的英明领导下，我们的祖国日益昌盛，人民拥有幸福、安宁的美好生活。作为一名黄皮肤黑眼睛的中国人，我深感骄傲和自豪。

转角处草地上，一名戴防毒面具的红衣白帽消防战士模型站得笔直，威风凛凛，正举起他的左手向经过的人致敬。我想说：你们辛苦了！谢谢你们守护我们千千万万老百姓的生命财产安全！

绕公园漫步一周后，我发现一轮满月不知何时已悬挂在东边的山头，公园更添几许如水清辉。我深呼吸一下，感觉意犹未尽，希望找个机会白天再来走走，想必另有一番逸趣吧。

村口的榕树

同事在微信上发来一张照片：一座翘檐小亭子，顶部橙黄，由六根白色圆柱支撑。它孤独地坐落在阳光下。背景里隐约可见一家商铺招牌，让我想起了什么。这个地方我似曾相识，可是又觉得少了点什么。我在记忆里努力搜索相关标签，大约过了几分钟，我恍悟，立马心又一沉，不敢相信自己的猜测，便向同事求证：村口的榕树被"杀"了？同事惊诧于我的用词，却也给我发来一个难过的表情包，以此表达她此时的心情。

两年前的初夏，我来到楼村社区残疾人服务中心上班，第一天，我找不着单位的具体地址，便打电话询问中心负责人，她指引我说，你到了楼村居委会门口，入口处左侧大约三十米，有一株榕树，很大很大的榕树，顺着进来，直走两百米就到了。

于是，近两年以来，每一个上班的日子，我都要经过这棵大榕树。它就默默地站在村口，这是一个丁字路口，路边有蓝底白字"绘猫路"的路牌。无论烈日骤雨，它总是特别安详宁静。其树干粗壮庞大，目测需四五个人合围才能环抱过来。硕大的叶片厚实翠碧，在阳光下像镜面一样泛着光。榕树的条条气根，大小不一，在周围落地生根，再延展，形成一柄巨大的遮阳伞，在地面铺开直径数十米的浓荫。树底下有一座小亭子，里面经常坐满了人，男女老幼都有。有的说着本地话，有的外地口音，但大家都没觉得陌生，也没有因为口音产生社交障碍，借以表情和语气，一边比画着，相谈甚欢。

有时候，有本地的阿婆头上扎着红头绳，小心地挎着一个小竹篮子，里面有香烛和水果及碗具之类，在树根的凹槽处，摆上相关器物，插上香烛，然后双手合十，慢慢地弯腰，然后屈着双膝，反复叩首，口中念念有词，一脸虔诚。路过的人有时会回望一下，又漠然地离去。也有坐在亭子里的人，侧目而视，脸色疑虑，窃窃私语，也许，他们也和我一样，对这种行动充满了好奇吧。我忽然想起来一件事，数年前我在顺德照料两个孩子的生活，住宅附近有一条河沟，两旁都是榕树，每逢初一、十五，一早就有本地的妇人择近拜树，摆上水果和香烛祭祀，有时还会放上几枚硬币。后来，两个孩子和同学一起放学回来，顺手就拿了那几枚硬币去路边的商店买了棒棒糖。我见状又好气又好笑。好在孩子本天真无邪，并无意冲撞什么，所以一直以来都平安无事，我终得心安。

榕树下是一个天然的避暑之处，夏天的清晨，有雀鸟藏在树上，唱着好听的歌，偶尔有一只顽皮的小鸟冲出来，疾飞而去。树下的孩童见着，拉着奶奶的手，指着鸟儿飞出来的地方问奶奶：那里是小鸟的家吗？也有银发的老阿叔，脸色淡然，缓步行来，左手拎着一个茶杯，右手则护着一把二胡，很快，树下就奏响了悠扬的《二泉映月》，与树上婉转的鸟鸣形成和声，周遭的人便不再高谈阔论，而是静气凝神地倾听。仿佛眼前有一汪清泉，在月光下穿越山石间，潺潺流淌，一会儿舒缓一会儿起伏，一会儿恬静一会儿激荡。人们就在这种愉悦的音乐声中，安享岁月静好。

这一株榕树，被我私下当成一个沉默寡言的老朋友，每次上班时路过，我都会刻意放缓步伐，看它几眼，我仿佛能感觉到，它也懂得了来自一个老朋友的温暖问候。它用它的一生，见证了这一方土地上的岁月变迁，世事繁华，也感受到了时世安稳美好。如今，它的使命便已算完成了吧。

再见了，老朋友。我们都在彼此的生命里永恒。

麻石巷,一段古朴时光

夏末的黄昏,迎一帘细雨,漫步在楼村旧屋,悠长的麻石巷凛冽而肃穆,陷入静静的沉思。小雨淅淅沥沥,淋湿沉甸甸的乡愁。长短不一的条石,泛着青白的寒光,从脚下铺开,以一米宽的阵列,一直延伸向远处,掩映在青砖碧瓦的尽头。周遭分外寂寥宁静,偶有一只雀鸟振翅掠过,惊醒老屋前倚门打盹的白发老妪。一抬头,时光就消失在巷子深处。

有丝丝的风,从耳畔穿过,吹动墙头青草摇曳,展示出最美的群舞。青砖垒成的旧屋,沉淀岁月的风霜,层层的青苔铺满墙面,绿色的藤蔓,灵巧地缠绕着彼此,悄悄地探入四周隐秘的角落,形成一道绿色屏障,仿佛要隔绝一段旧时岁月,但时光的痕迹,在视线可及之处,隐约可见。

脚步轻缓,恐惊吓了麻石巷中沉睡的石头,它们头挨着头,尾挤着尾,紧密相依,一起度过漫长的风雨坎坷。二百多年以来,多少人和事,多少悲与喜,都在它的心中收藏,无声无息。若遇知音,一经打开,便如淌过记忆之河,必然是潺潺流水般的沧桑往事。

轻叩柴门,斑驳的木扉上,油漆剥落,门环锈迹斑斑,本地陈姓村民,三三两两,傍水而居,日出而作,日落而息,男耕女织,安居乐业。此地连接惠州、东莞、广州,曾经商贾云集,南来北往的客人亦歇息于此处的车马驿站,喝喝茶,聊聊天,斟二三两小酒,谈笑对饮,无不酣畅淋漓,待酒酣至夜深,便借醉意席地而卧,任清露浸染衣襟。露白霜寒,天空一轮满月如玉盘高悬,清辉若水倾洒,麻石巷和它两侧的房屋连同喧嚣便笼罩在一片静谧之中。

一只黄犬突然从十字巷口窜出,遇到同样惊慌的一双眼睛,双方均是一怔,便又迅急仓皇逃离。我们都是彼此生命中的不速之客,仅有一面之缘,也罢。麻石巷在旧民居中南北贯通,又在间距几近相同之处,东西横向伸出两条石径,两旁的民居鳞次栉比,却又排列有致,各自以独具特色的飞檐翘角展示原主人的财富、权势和地位。

缓慢行走在厚实的青石板上,感受文化底蕴和历史的厚重。隐约感觉到清冷的凉意,带着时光的冷,从脚底侵入,慢慢漫延至全身,夏日的燥热便悄然褪去。雨中的麻石巷,弯弯曲曲,更显得幽深宁静,仿若一条时光隧道,从现代穿越到古时。偶一侧目,便看见历经风雨侵蚀的断壁残垣,有丛生的野生植物,枝蔓繁茂,将全部的过往旧事掩盖在一片苍翠之中。因为眼前这一片生机盎然的绿色,心中便突感释然,少了几许怅惘。

一段繁华的历史,必定离不开青山绿水的哺育。以麻石巷为中心,向周围辐射,便是有名的茅洲河和荔枝山林,而陈列在村中的水源,便是那村口一眼眼古井。方砖砌成的井壁上爬满苔藓,犹如一件翡翠披风。古井早已荒弃多年,但仍有清冽的井水,静静地映衬出外面的繁华世界。伫立在这眼古井前,想象多年前,村妇围着摇水井,淘米、浣衣,稚童戏水嬉闹,那是一种怎样的欢喜和安逸呢?我想,它所承载的,不仅仅是一段平凡的时光,更是一个伟大的使命吧,于是,一种莫名的敬意蓦然从我心底升腾,久久萦绕心间。

天色向晚,暮意铺陈,麻石巷早已没有往日的炊烟袅袅,但见湿漉漉的巷道愈显幽深和神秘。我没有打伞,细雨淋湿我额前的头发,衣袂微濡,我仍旧放缓了脚步,唯恐一不小心,就惊扰了朱漆木门后那一帘旧梦。

红花山公园的草地广场

偶然从朋友圈看到一组照片,蓝天白云下,绿草如茵,宛若一匹硕大的绿色锦缎,沿起伏平缓的山坡将大地覆盖。它的柔软仿佛触手可及,青草的清新和泥土气息扑面而来。

原以为这是深圳市福田区的莲花山公园风筝广场,一问方知是离我大约三百米远的红花山公园新开放的草地广场。

春光无限好,莫辜负。周日下午,从静怡路向东转入振明路,十分钟后我就步行到了正对着金辉路的红花山公园西大门。从北侧一个狭长出入口测体温后进入公园。

进入后才发现,公园东边的一大片荔枝林消失了,视野蓦然开阔。朝公园明和塔方向的登山道前行,跨过数十级台阶后,眼前豁然开阔,绿茵草地就在前方铺展开来。

天气格外晴好,轻风徐徐,儿童欢笑嬉闹声随风传送,让居家日久的人感受到了久违的生气，心里就蓦地亮堂起来。

"等闲识得春风面，万紫千红总是春。"登山道两旁仍是开得茂盛的三角梅，红艳艳的，娇俏可人，煞是惹眼。沿路往上走五十米左右，右侧开了一道入口，没有门，五米来宽的水泥路，和草地齐平，蜿蜒向前伸展，又适时地分出岔道，通往各个方向。路面是干净的灰白色，光亮而让人舒适。

几株荔枝树零星散布，枝繁叶茂，绿荫如盖，恰到好处地点缀在地毯上，为这一片绿茵地更添几许风姿。满树都是细密花朵，馥郁芬芳，引来蝶舞翩跹。

早有市民沐浴在阳光和清风下，三五成群，或席地而坐，或徜徉漫步。在草地上欢笑着奔跑的孩子们，围绕蜻蜓和蝴蝶追逐嬉闹。欢笑声融入了春光更显清脆和暖意，极富感染力，格外令人动情。

小山坡半山起伏处，堆集着几块不规整的山石，高不足两米，其白色与绿茵草地的翠碧相得益彰，吸引了几位着装时尚的女孩取以背景拍照。"咔嚓"一声，青春洋溢的笑容便定格下来。多年以后，她们仍会记得这一方土地，这一片春光中的绿色带给她们由衷的愉悦吧。

往东缓行，渐入草坪腹地，地势更为平缓宽阔。一名幼童正盯着空中放飞的风筝，线轴被拽在年轻的爸爸手中，时而放松，时而收紧。幼童仰着小脑袋，舞动胖胖的小手，一边朝风筝飞远的方向奔跑，一边指挥，口中直嚷嚷：爸爸，再飞高点，再高点呀！正可谓："鸢飞蝶舞喜翩翩，远近随心一线牵。如此时光如此地，春风送你上青天"。几位同龄的小朋友亦被吸引，一起追着风筝欢叫着奔跑，那放飞的岂止是小小风筝，更是幼小心灵里最单纯最丰盈的快乐吧。

草地小山坡南侧，有人正在下棋，围观的人屏气凝神，执棋者凝神聚目，沉思良久方落子，却发现误入了对方设置的包围圈，抚胸懊悔不迭，而胜者眉开眼笑。旁边不远处有个戴眼镜的男孩，中学生模样，蜷曲双腿坐在草地上，似打坐的姿势，双手捧书，眼睛一眨不眨，全然不顾身边来来往往有人经过；也许，这才是学生该有的读书模样。

慢慢行至小山坡顶部，迎风静立，极目四顾。草地西边的一片椰子林尽收眼底，东北侧连接雍景城居民小区，西南边则是中央山小区，不由得让人感慨万千，住在花园里的人们真幸福！

"红树青山日欲斜，长郊草色绿无涯。"春色盎然，人微醺，不觉已忘了归途。

茅洲河畔柚子花

"草长莺飞二月天,拂堤杨柳醉春烟。"南方的春天来得更早一些,立春过后,处处已是姹紫嫣红,绿树成荫。

周末下午,春意盎然,和风拂面,裹一身暖暖的阳光,顺着长春北路往公明北环路步行五六百米,跨过十字路口,就到了茅洲河边。这里属于公明上村河段,从幸福桥到智慧桥,不足两千米,河畔西侧的绿道已修整完工,规划有序的各种树木和花卉以及低丛灌木都依次栽种,高低层次分明,花红柳绿,一眼望去,俨然一座规模宏大的绿色园林。

或许因为疫情,人们在家禁足太久,内心对外面的世界格外充满渴望,而如今疫情防控日趋稳定,又适逢周末天气晴好,来河边徒步的市民三三两两结伴而行。在绿道上,在树阴下,在小河边,在花丛中,都是一张张灿烂的笑脸,眉眼里洋溢着满满的幸福和安宁。

顺着茅洲河的绿道沿智慧桥段往东缓行，一路上且闻孩童欢笑追逐嬉闹，情侣相依私语，又见蜂蝶翩跹，河堤上的一大片紫荆花忍不住悄悄探头观望，羞染了一袭红盖头。毗邻这一片红通通的花圃，却又是遍地开放的娇小可爱的石竹花，紫色的，粉红的，橙黄的，都向着太阳，仰着娇俏粉嫩的脸，笑得千娇百媚，风儿一来，它们就跳起舞来，更欢快、热情了。

漫步在河畔，心亦轻盈明朗。当缕缕轻风送来淡淡的芬芳，我不由得放慢了脚步，循着香气吹来的方向，慢慢步入一片草地斜坡。新移栽的树木都比较高大，枝头绿叶萌芽，有的树干还挂上了营养针。稍往前几步，抬头一看，眼前一树洁白，就这么静静地伫立在清风中，如一位春色中赴约的少女，纯洁浪漫，娇而不媚，清雅脱俗，嫣然不语。

这一株花树约有三米来高，枝丫上全部都是盛开的花儿和含苞待放的花骨朵。花朵通体雪白，香气淡雅，空气中透着一丝丝清甜。花树枝丫蔓生，呈现一个下大上小的倒立漏斗状，形成颇为有趣的造型。每一朵盛放的花都像极了小小的白莲，外层五片花瓣卷曲状向外呈弧形伸展，里层又有三五片花型较小的花瓣紧裹着金黄的花蕊，如同护花使者簇拥着娇贵的公主，华盖出行。

欣喜就在一刹那间俘虏了我的心和眼睛！天性爱花的女子更容易成为花痴，仿若置身于芬芳世界，我情不自禁闭上眼睛来一次深呼吸，醉人的花香就顺着鼻孔潜入了我的身体，每一个毛孔都盈溢着淡雅清香,我亦感觉头脑分外清醒。它的香有着几许独特之处,虽逊茉莉三分馥郁,却又略胜百合一丝清淡,不骄不媚,笑而不语,雅静贤淑,似是经历过风雨之后的沉静淡然,悄然处世而不争不恼。

睁开眼来,洁白的花儿正对着我静静地微笑,仿佛我们早就认识,更是心灵相契的好友,彼此守候于此。就这样,无须多言,我站在花树下,静静地与它对视,开启心灵的对话。它分明看透了我此时心境,于是轻轻地剥离我心中的点点轻愁和烦忧。我觉得它是懂我的,否则它怎如此沉静,如此含蓄,如此深情?忽然想起席慕蓉那一首诗来:"……我在佛前求了五百年,求佛让我们结一段尘缘,佛于是把我化作一棵树,长在你必经的路旁,阳光下慎重地开满了花,朵朵都是前世的盼望……"而它,又何尝不是我前世的一份承诺抑或邀约呢?

至此,我恍若明白了它代表的花语含义:"柚子花,苦涩的爱恋。"

曙光路的花儿

庚子年（2020）不寻常的二月，经历了一场风雨和不安，终于迎来暖阳，心里瞬间明媚起来。

这个晴朗的下午，我迈出了被束缚多日的脚步。从小区南门走出来，向东转，拐个弯就到了公明曙光路。这是一条新修建的公路，西起公黄路公明段，东接公明南环大道，两车双向道的柏油路面特别宽阔平整。道旁新移栽许多花木，都已落地生根，有的生长出翠碧的树叶，有的还孕育了花骨朵，含苞待放，一片蓬勃生机。两侧路灯灯柱上悬挂的红灯笼依旧鲜艳，随风摇摆。路上行人稀疏，只见树影摇曳，偶尔见到戴口罩的人面对面走过来，也是行色匆匆。人生之路，彼此都是过客。

天空湛蓝，如水洗过一般明澈，白云如絮，自在漂浮。

漫步在人行道,和风煦暖,轻轻拂面,如同披了一匹柔软的绸缎,格外令人舒适、陶醉。一阵阵淡淡的清香随风扑面,沁人心脾。一只只黄身红尾的尖嘴雀鸟振翅低飞,轻巧地落在路旁的树枝上,啾啾欢鸣,似乎在歌唱这美好的时光,又抑或在邀约同伴。我的目光随着鸟儿起落,滑过树木,落在路边的灌木丛上。突然发现,这里的树木下面的绿植,除了绿茵草地,还有一些植株较低矮的四季桂花、剑麻、红叶石楠、紫荆花、三角梅等,层次分明,高低错落有致。桂花树略显单薄,高不过一米,一丛丛,一簇簇,三五枝相拥生长,叶片青绿,枝繁叶茂,从主枝丫分出细细的小枝,而枝丫间挤满了嫩黄、粉白的花儿,如同一枚枚精致的小伞,米粒般大小,细细密密地,仿若悄然私语,十分热闹。若是凑近,便闻花香芬芳馥郁,浓而不稠,直入心间,滋润着五脏六腑,令人神清气爽。

沿路向南,行过数百米,经过一座石板小桥,横过沟渠,便到了临近公明南环路的地段。一抬头,猛然惊觉,瘦高的黄花风铃木开花了!仿佛满眼的黄蝴蝶聚集在一起,振翅翩跹起舞,金灿灿的一大片,挂在树梢上,飘飞在天空中,在蓝天的映衬下,特别养眼,十分惊艳,分外让人感到一种兴奋和愉悦。而地面的草丛间,落英缤纷,一只只黄蝴蝶静卧,千姿百态,娇柔妩媚,似乎正在与小草默默传情,表达亲昵爱意,又像是在叙说曾经的粉红往事。

我情不自禁地走上前,俯身拾起其中一朵落花,捧于掌心。管筒状的花萼托起五片花瓣形成漏斗状花朵,形若风铃,颜色仍然金黄明艳，柔软娇嫩，饱含万种柔情，带着清凉的水润感，仿佛与世无争的仙子，融万千柔情于一身，让人心生万千怜惜。

不忍惊扰太多，我将这朵花儿放回草地上，它的美属于春天，也属于这片大地。我起身默默向它告别，像是作别一个好朋友。

阳光清浅，暗香浮动，蓝天下，静默如风。一路缓行，聆花之呢喃，听大地脉动，赏春之韵律，与自己的灵魂对话。持一分淡然心境，过简单生活，笑对风雨，拥抱岁月，吟唱世间静好。这，也许就是我所追求的人生境界了吧。

红花山公园的美丽蝶变

对于一座城市的记忆，总是少不了几个标签。就像我在光明这方热土上生活了近三十载，不只是深深地爱上这里的人文山水和民俗风情，更爱上了其中一座美丽的公园——红花山公园。它位于公明镇中心地段，毗邻公明中学、公明街道办事处和公明广场，交通便利，人气鼎盛。或许因为长期居住在红花山公园附近，我对它怀有深厚的感情，也见证了它跟随时代的变迁。如今，它以焕然一新的美丽形象，成为光明区的重要地标之一。

仍清晰地记得，一九九三年五月的一天，我带着一腔期待和满脸疲惫，风尘仆仆，站在红花山西边的马路对面，仰望。但见五月的阳光下，满山荔枝树，新果满枝，累累缀枝，远在百余米之外，就可感觉果香诱人。山头不高，除了满山苍翠，偶闻鸟鸣和犬吠。南方的日头总是多了几许灼热，即便站在树阴下，仍觉得热气灼面。穿过马路，来到山脚下，除了一条好似被看山人踩踏出的黄土小路，却无另一条登山之径。偶然听闻，这座山名为红花山，因满山遍野的杜鹃花而得名。

后来，我上班的地方就在红花山附近一家外资企业，因地利上的便利，我得以早晚来到红花山散步。那时候，这里尚未曾开发成公园，我和来散步的人也就只能沿着山脚的黄土小路走走，天色较暗时就返回，不敢再深入走进园林里。大约在二〇〇二年，红花山公园开始了第一次改建，于是，修建了第一座牌楼，顶部居中有著名书法大师启功所书之"红花山公园"镏金五字行楷，瘦劲其形，婉润内蕴，极具大家风范。两侧对联分别以"红、花"二字题取："红日化金辉伟业百年留史册，红花添锦绣春风十里上楼台。"牌楼南北两侧各矗立一尊石狮子，威风凛凛。穿过牌楼走进去以后，会发现，里面发生了很大变化。虽然大部分荔枝林仍在，但靠近牌楼的地方，被改建成了一处假山和一方水池，假山上有枝条颀长的柳树，水池里有锦鲤，池边的小亭台飞檐翘壁，九曲回廊，这是孩子们最喜欢来玩的地方。邻近水池北侧稍微空旷的地方铺了长条麻石，连接各处的小路铺上了鹅卵石。最让人欣喜的是，正对着牌楼往山顶的方向，建有一条约五六米宽的石基路，从山脚一级一级直达山顶，站在山顶俯瞰，光明全景尽收眼底。后来，大约二〇〇九年，红花山经历第六次工程改造，修建了雄伟的明和塔，在山顶上高高耸立。年轻人很喜欢结伴爬山，气喘吁吁到了山顶，等不及休息片刻就会将双手拢成喇叭状，放声高呼，名为喊山。声音在空荡的山间回响，偶尔也有其他人从不远处的山头上回应一声。当时，整个公明镇就只有这一座公园，所以，每到周末，这里就人山人海，一片欢腾，成了公明居民休闲娱乐的好去处。

随着时代的发展，人们的生活质量和社区环境相应的配套生活硬件设施也随之提升。二〇一八年，政府对红花山公园道路铺装、登山步道、绿化提升、配套设施等开始大规模提升和改扩建。二〇一九年六月，经过全面改造后的公园面貌焕然一新，正式对外开放后，儿童乐园特别受欢迎，每逢周末，孩子们在家长的陪同下，在滑梯探险、结绳拓展、沙池创意等游乐场地玩得不亦乐乎。平整洁净的绿道环绕半山腰一周，极受健步者青睐。晨曦暮色里，三五好友相邀，悠闲地漫步，亲近大自然，感受山野清新气息，心旷神怡。光明人安居乐业，一派祥和。

红花山公园，见证了一方土地的华丽蝶变，也承载着改革开放的累累硕果，是一个时代的符号，它将和勤劳、务实、勇于创新的光明人一起，共迎一个大爱大美幸福新光明。

走过红花北路

一条路,经历过岁月的风雨洗礼,见证了一个时代的沿袭与变迁,又承载了多少人拼搏的勇气和梦想。几经蝶变,它日益丰富而厚重,却依旧谦卑,令人敬仰。

红花北路,因地处红花山公园以北而得此名。这一条马路由南到北长度大约两公里,南起振明路,北至民生大道,整体看起来呈一个"工"字状。最南端顺势延伸为红花中路接松白路,往北则延伸为风景北路连南环大道。

路两边的细叶榕枝繁叶茂,像一柄柄绿色巨伞,在半空中伸展,温柔而小心地将人行道笼罩在绿荫之下。马路中间的隔离带简直就是一条长长的花圃,一年四季草木葱茏,鲜花绽放,每一个日子都充满了春天般的明媚。

由振明路起点向北转入红花北路,西侧便是一座白墙黄顶的院落，外围绿植环抱，里面有高大的榕树和木棉花，探出半个身子来。这便是公明福利院，二〇二〇年五月刚刚获评广东省五星级养老机构，本地一些老人都喜欢来这里颐养天年，享受晚年幸福生活。沿马路朝北缓行，不足两百米，又见一座大楼，门口挂多个牌子，还很新，这是两年前成立的光明区党校所在地，前身则是公明成人学校。忆当年，我初来深圳，在此读夜校，经过几年的学习，陆续考取了《会计电算化资格证书》、初级《会计专业技术资格证书》及初级《安全主任资格证书》等。感恩好时代，我能找到合适的平台，不断学习进取，补充新知识，丰盈内在，才能在时代的潮流中不怯不畏，与时俱进。邻近的一栋房子也同样被低矮的围墙圈起来，却能透过特意留置的圆孔看到里面，绿色与黄色相间的墙面，极显干净、整洁又温馨，这是我曾经工作过的公明街道综合职业康复中心，专门为有需要的残障人士服务。继续朝北行进，一百余米开外，到了正在施工的地铁六号线南庄站。这里原本是红花山公园的东广场，几年前开始改修地铁站。再过几个月，光明人民翘首企盼的地铁6号线就将开通啦。跨过这一处工地继续北行，依次经过台商大厦、计生大楼、房管大楼、社保大楼、光明疾控大楼等行政服务单位，它们在此多年，默默为老百姓的民生幸福奉献光与热。

行至民生大道路口，越过人行横道到对面，沿红花北路往南，景象即刻更加繁华起来。居民小区宏发上域、雍景城并排而立，前者新建不足十年，外观设计更具时代感，而后者则属于公明较为资深的老小区了，绿化面积大，花草遍布，宛如一座花园。这里居住环境舒适，人气鼎盛。它始建于二〇〇二年，记得当年它发售的时候，均价每平方米不到四千元，我差点就凑足了首付款，但终成小小遗憾。一楼的联排商铺仍是人气兴旺之处，附近有大型酒楼、超市、电影院、健身房、咖啡厅等购物、消费场所，属方圆数里之内的商业中心。往南，横跨过一个丁字路口，原来的商会大厦于去年被拆除，这里便成了一处偌大的停车场。邻近一墙之隔，便是公明的知名地标：宝明城大酒店。它位于黄金地带，占地约五万平方米，环境优美，交通便利，为三星级现代化酒店。近二十年来，但凡本地有举办婚宴、寿宴及满月宴者，均首选此处。它不仅投射出本地人们的幸福生活，也见证了一座新城的华丽蜕变。

路上过往车辆不多，显得格外宁静、洁净。两边的人行道上，行人总是慢悠悠地走走停停，不急不慌，瞅见路边的灌木丛中各种花儿伸出头来，似俏皮地点头微笑，于是干脆停下脚步，用手机拍照，换不同的角度，不停地拍，却总像拍不完四季美景，描述不完快乐心情。

刚下过一场雨，天空似给洗刷过一回，湛蓝明澈，白云悠悠。这条路我走过二十多年，对它就像老朋友一般的深厚感情。沿路漫步，置身绿树浓荫中，任清风拂面，听雀鸟啁啾，看繁花似锦，满目皆风景。人生亦是一条迢迢长路，有风雨、坎坷，亦不乏阳光、坦途，但只要坚定信念，心怀美好，无畏无惧地前行，必定能抵达梦想的终点吧。

又到五月荔枝香

"五岭麦秋残,荔子初丹。绛纱囊里水晶丸",唐宋八大家之首欧阳修如此盛赞荔枝。"日啖荔枝三百颗,不辞长作岭南人。"宋代诗人苏轼一首七绝,寄物咏怀,借以对荔枝的热爱,道出其乐观豁达的精神风貌。无疑,荔枝作为岭南的极品佳果,历来备受人们青睐。

生在江南,我只知五月有枇杷和杨梅,而荔枝属于南方亚热带水果,我对它的简单了解仅限于电视和书本。记得我读高中的时候,收到在东莞打工的表妹寄回来的荔枝,不禁喜出望外。小心剥开它疙疙瘩瘩的表皮,晶莹剔透的椭圆形果肉如白玉般展露出来,咬一口,甘甜多汁,满口溢香,味蕾随即便被俘虏。

后来我到了南方,随后定居深圳光明,逐渐喜欢上了这片灵秀的山水,居所附近有一座小山,山上荔枝树翠碧,后来半山被依势开发为社区公园。每年初春,荔枝开了花,满树都是米粒般浅黄小花,芬芳袭人,一丛丛,一簇簇,摇头晃脑,招蜂引蝶,高调展示它的存在。

农历五月,随着端午节临近,不同品种的荔枝便相继成熟上市。黑叶,算是最早成熟的荔枝品种,红皮白肉,核大,味道甜中偏酸。这时,期盼多时的吃货们便开始迫不及待地品尝一下,但也不贪,浅尝辄止。他们深知,味道绝佳的荔枝还在后头,不久,糯米糍、桂味、挂绿、妃子笑等优质佳果依次露面。因为果肉厚实多汁且核小,我对糯米糍和桂味有所偏爱。前者表皮略为平整,皮稍薄,呈浅红色,沿缝隙位置的顶部,稍微用指尖划开一道小口子,捏住两边的果皮往外一拉,汁水和果香便溢了出来,果肉瓷白,厚实,一口咬下去,满口甜糯清香,韧性Q弹,极具质感。而后者则表皮多红黄色,明显多三角形小小尖刺,皮特别薄,与果肉分离时十分干净利落。表皮上的缝合线十分明显,直接从顶端轻捏一下,果皮就完整地剥落下来,果肉晶莹透明,嫩滑细腻,如白玉一般。一口咬下去,满嘴都是爽脆的清甜,实在令人回味无穷。

周末的下午,新雨方晴,应友人相邀,来到公明附近一处山林果场。天空蓝得明澈,白云飘浮如絮。小山连绵起伏,坡势平缓,山上荔枝树生长茂密,远看层林如黛,在蓝天白云的映衬下,这简直就是一幅长卷的青绿山水画,秀美丰盈。友人在简陋的棚屋里接待了我,周围全都是本地果树,木瓜、香蕉、波罗蜜等,处处果香飘溢,虫鸣鸟唱。置身其中,远离城市喧嚣,泡一壶清茶,与清风对饮,舒适惬意,此为最高人生意境了吧。

当然,最吸引我的还是满山果香诱人的荔枝林。友人引领我在绿树丛林中蜿蜒穿行,来到百十米开外的山脚下,眼前蓦地一亮:清一色四五米高的荔枝树上硕果累累,红通通的果实坠弯了枝头,在蓝天下显得格外鲜亮诱人。果林里除了空气湿润清新,还融合一种独有的果实馨香,令人神清气爽。环顾四周,全部都是饱满结实的果子,忍不住随手摘了一颗荔枝吃。因为天气晴好,气温偏高,果肉仍带有一些阳光的余温,入口极显温润,而果肉的甘甜多汁却又让口舌极尽享受。一边吃,一边走,自然还忘不了用手机拍照。镜头下,蓝的醉人,绿的怡人,红的诱人,多美的夏日画卷。

据友人介绍,这一片果林占地千余亩,近一年来,他和工人起早贪黑地辛勤劳动,一起为果树剪枝、除虫、锄草、施肥,一分耕耘一分收获,终于迎来荔枝大丰收。但他并未打算将这些荔枝全部卖出,而是留下一部分,希望能做一些有意义的事,比如将新鲜荔枝送给村里的高龄老人品尝,另外捐赠一些给有需要的残障人士等。他诚恳地说,生活在这个充满爱和温暖的时代,希望将自己的幸福与他人同享。说到这里,他那沉淀阳光底色的脸上洋溢着淳朴憨厚的笑容。我忽然发现,身材挺拔的他有一口雪白的牙,人显得特别帅。

梦圆光明

年轻时我特别向往诗和远方,未曾想过,自己的人生会和南方一个叫光明的地方紧密相连。二十七年前的初夏,我从江南出发,千里迢迢,一路舟车劳顿,风尘仆仆的脚步停留在一片尚未开垦的土地上,它现在叫光明。南方天气格外炙热,荔枝刚挂新果,我对未来新生活充满万千期待,但环顾四周,视线所及,皆荒无人烟,只有成片的野草疯长。近旁唯一的公路上偶尔驶过一辆车,卷起漫天灰尘。我不禁茫然:这就是我即将工作的地方吗?

三天后,我应聘进入一家台资电子公司品质部上班,每天工作12小时以上,住16人的集体宿舍。当时我唯一的感觉就是:困。总觉得睡不够,每天用冷水冲凉,但因为年轻,我很快就适应了。感谢我的直属领导,一个叫罗时芬的娄底姑娘，年长我少许，性格温和，不仅长得漂亮，而且还心地善良，工作能力很强。她是我的领班，负责管理我所在流水线的十几个小伙伴。公司的工作环境不佳，车间都是铁皮房，条件简陋，南方多雨，遇到下雨天，处处都是水帘洞一样，地上雨水横流。我负责电子元件高压测试，有一次，由于雨水导电，我被电击，所幸无碍。受此惊吓之后，我哭着要辞职回家。工友罗时芬就劝导我：咱们千里迢迢来到这里不容易，也是为了改变自己的命运，你要努力工作，在本职岗位上表现出色，争取机会去办公室上班。不久，公司财务部内部招聘文员，她立马鼓励我报名。经过层层考试和选拔，后来，我胜过二百多名竞争者被录取。直到进入了办公室上班，我才知道自己见识多短浅，知识有多贫乏，在工作中难免屡屡碰壁。于是，在现实的逼迫下，我不得不重新拿起书本，挑灯夜读。下班后别人都入睡了，我还在艰难地啃书本。经过连续几年学习和考试，我终于获得一纸文凭，以及《会计电算化资格证书》、初级《会计专业技术资格证书》及初级《安全主任资格证书》《助理社会工作师等专业资格证书》。这使我在职场上有更多选择的机会，可以站得更稳，也有了为自己争取更多福利的底气。

因为一座城，因为一个人，我在这里留了下来，成家立业，落叶生根，这里便成了我的人生主场，这片热土，也就顺理成章成为我的第二故乡。后来的十数年，我亲眼见证了它的变化翻天覆地，景象日新月异，一栋栋高楼大厦拔地而起，柏油路四通八达，一座座美丽的公园有序分布在各个社区，地铁六号线也即将开通，科学城的建设紧锣密鼓……昔日的邻海小村庄被一座崭新、文明、大气的繁华都市取而代之。

最难忘的经历是我加入了深圳义工之列，成为一名深圳市注册义工，利用周末时间参加各种公益服务，至今累计服务时数达七百余小时。由此，我从工厂这个信息较为封闭的地方走出来，接触外面更为广阔的世界，认识了许多来自各行各业的朋友。我和义友们一起走进公明养老院和龙岗福利院，参与消防演练和交通文明劝导、保护和清洁茅洲河等志愿服务，"深圳义工"的红马甲成为一道靓丽的风景线。我很开心，也很自豪，我能为建设这座美丽的国际都市奉献自己微薄的力量。

拥有理想的工作、和美的家庭，我觉得自己是幸运的人。回首来时路，虽不乏风雨坎坷，但终究梦圆光明。我亦明白了一个道理，幸福都是奋斗出来的。光明，于我，是幸福的起点，也将是我人生完美的终点吧。

边境管理区通行证的故事

二十世纪八九十年代，值深圳改革开放初期，但凡从内地来深圳掘金的人，多半都熟悉这一纸"边境管理区通行证"。打开后，内页则分为左右两小页，左页右上角需贴小一寸照片，其他印刷的如同填空题，空格处需相应地填写持证人个人信息、工作单位、办证事由、所前往的地区，比如深圳、珠海、沙头角等。右页主要是填写签发单位、证件使用有效期限、签发证件的公安局及公章。如果要开具这张通行证，需要工作单位开具证明，再填写申请表提交到当地公安局，大约一星期可以办好，使用时和身份证同时出具以供验证。

我是一九九三年年初到达深圳公明镇的，当时公明镇属于宝安行政区，后来光明镇和公明镇同时从宝安区分离出来，划归新成立的光明新区。

在工厂财务部上班的人是相当有地位的，即便是我这样一位小小的办公室文员，也总是会得到一些小实惠。比如，公关部的王经理来报账的时候，就总能带一些小吃给我们，最重要的是，他能帮我们办理"进城许可证"，那不是一般人都有机会进城。所谓的"进城许可证"，当时我们一般称之为"边防证"，其实就是"中华人民共和国边境管理区通行证"。从公明镇去市内，必须从南头检查站过关，或者从白芒关通过。设立的关卡分为行人通道和机动车通道，但乘车的人要过关的话，除了司机外所有人都必须下车，持通行证和身份证同时验证过关，随身携带的行李也要接受人工检查。负责检查的工作人员戴着大盖帽，全副武装，表情严肃。像我这样胆小又没见过世面的人，总免不了神色慌张，心跳加速，于是常被细细盘问一番。

有一次过关时，我先生因边境管理区通行证引出一个闹剧来，虚惊一场。一九九六年中秋节前，我和先生相约去中英街逛逛，打算买金项链和戒指。中英街位于深圳市盐田区，临近香港，只有一个界碑立在街中心，有两边警察来回巡逻。街道不长，两边有很多金店，饰品价格合理，很多人都会去那里购买金饰。我们提前托王经理办理了边境管理区通行证和沙头角特别通行证，选在一个周末前往中英街。经过南头检查站的时候，我和先生一前一后接受检查。当时很多人排队，就像现在我们经过罗湖关进香港一样。我过关比较顺利，大约十多分钟就进入了关内。但我左顾右盼，怎么也找不着先生了,他明明就跟在我身后的嘛。我心里莫名慌乱,感觉不妙。但当时我们都没有手机,无法即时联络,而先生配备了一台中文 BP 机,这是唯一的通信工具,我可以通过一个呼叫平台发送信息。可是,当时南头检查站附近也没有可以打电话的地方,我根本无法联系到他。就这样,我在拥挤的人群里不停地穿梭,心里渐渐感到恐惧,眼泪不由自主地掉下来。我简直快崩溃了。差不多一小时后,那个熟悉的身影终于出现在我的视线里。我直奔过去,冲先生吼:你干吗去了?他显得一脸激动,但随即平静下来,拉我到一旁,讲述他"失踪"一小时内所发生的事。原来,他的边境管理区通行证上的照片,和另一位全国通缉犯长得神似,检查人员一度怀疑这位嫌犯试图流窜到深圳市内继续犯罪,于是将他单独带走交给警方审查,后来经过反复核实,警方才明白闹了一出乌龙,对他表示歉意。这事儿,多年后仍是先生笑忆往事的谈资。

  不久后,那一纸通行证被彻底废弃,我们再也不需要它了。随着时代的飞速发展,如今我们进城,凭二代身份证及相关有效证件,随时都可以网上购票搭乘高铁或地铁、快巴,交通便利快捷,可谓"条条大路通罗马"。回忆起峥嵘岁月,又怎能不感叹岁月静好。人民安居乐业,祖国繁荣昌盛,我作为中国人有多么骄傲和自豪!

光明的未来更光明

也许,每一方土地都蕴藏着朴实厚重的过往,不经意之间,一个决策就成就了未来的美好与非凡。光明,一座深圳东部新城,亦如此。在光明西北部这一处青山绿水环绕的地方,一颗文化科技新星冉冉升起,光耀中华——光明科学城,正以傲人的姿态腾飞,问鼎世界科技新领域。

夏天的一场大雨突袭,洗刷了光明的蓝天,它更明净更澄澈,天空飘逸的云朵更洁白轻盈,连绵群山上的丛林绿得发亮,空气里弥漫青草气息,温润、清新。骄阳悬在头顶上,风在路边的木棉树梢摇摆,偶有清凉雨滴由树尖滴落。放眼车窗外,公路两旁绿树成荫,建设中的大厦林立,青山环抱之中,建筑工地的"泥头车"繁忙出入。

满载光明作协一行五十多人的大巴,缓缓地停泊在光明凤凰城。"光明科学城规划展厅"随即跃入我们视线中。意气风发的小曾戴着近视眼镜作为光明科学城规划展厅负责人，从展厅内走出来迎接我们，青春的脸上写满激情和活力。展厅的一个微模型，将整个光明科学城九十九平方公里的全部规划设置涵盖在内。小曾调整视频播放器的同时，笑着介绍他们创作这一个模型的相关数字，一群年轻人接到紧急任务后，通宵达旦工作在科学城，衣不解带地连轴工作。他本人投入此工作中，用了二十二天时间，消耗了十六箱方便面，终于提前交上了一份满意答卷。

随着LED屏幕画面的跳转，光明科学城的神秘面纱，在诸多期盼的眼睛前缓缓铺展开。一幅令人激动的宏伟蓝图，在我们面前依次呈现，以光明中心区、装置集聚区和产业转化区为主轴，整体规划为一心两区，绿环萦绕，蓝绿为底，组团镶嵌，集生态休闲和科研开发为一体。茅洲河绿廊和周边郊野公园组合成主体建设绿环，中央公园与垂直城市错落有致，形成"乐活城区"。集中建设的大科学装置、研究所、高等院校等，嵌山拥湖，绿荫环绕，成为"科学山林"。以凤凰城为原点，向四周辐射，建设成果转化平台和产业创新平台，培育和布局未来新兴产业，塑造富有生态内涵和科技文化氛围的"共享智谷"。结合光明小镇休闲旅游功能，为科学城提供高品质的生态环境和公共空间。而即将开通的地铁六号线，被称为"科技专线"，北连深圳北站，南至广州南站，东接深圳机场，半小时内可达香港西九龙，连接粤港澳大湾区及惠州、东莞等地，交通快捷便利。整体规划中，光明科学城建设坚持"科学"与城深度融合，高标准、高质量打造科学城综合配套体系，营造世界一流科技和生活环境。建设中的光明科学城，将以"北林、中城、南谷"一派湖光山色城市新貌呈现，对此，我们翘首期待。

从科学城规划展示厅出来，小曾非常动情地说：我就以此为家了，近两年我将在此日夜不眠地度过，虽然非常辛苦，但觉得非常值得，人生的意义就在于奋斗和奉献吧。我们谢过这个满怀抱负的小伙子，默默送上真诚的祝福，祝他心想事成。

前往光明科学城土地整备现场指挥部的途中，我们经过一条通往山里的小路，曲折迂回。沿途的两旁竖立数个宣传广告牌，上写"整体搬迁有期限，真情服务无极限"，我们被这两行温馨词语深深地打动。本地居民在短期内完成搬迁，凝聚了多少科学城工作人员的精力和心血，也折射出人民群众对政府无限信任和支持。

由于不久前下过一场暴雨，红色泥泞被过往的泥头车碾压后，溅散开来，路旁的香蕉树、龙眼树、木瓜树和波罗蜜树交错茂密生长。一部分果树上硕果累累，沉甸甸的，像是在沉思，背负一方土地上的风雨变迁，满载岁月故事，记录着旧时光的质朴厚重，也将见证新时代的辉煌。

本地居民早已悉数迁离，余下旧屋台基上断壁残垣，静诉过往历史。无人知道他们在此地生活多久，经历过怎样的时光变化，又见证过多少悲喜故事。旧屋基的另一侧，钢构与水泥依次堆积成小山，这些将成为新城的骨骼架构，无数辆泥头车来来往往穿梭，隐约可见城市新貌跃然眼前。经过这一条小路，却似乎看到了一条光明大道，渐渐延伸到远方。

　　光明，一座崛起新城，多元文化如明珠点缀，为新貌更添几许精彩。光明烙画基地，作为光明文化的一张闪亮名片，曾经主办过多场主题宣传与画作展示活动。烙画，是中华民族传统文化技艺之一，作为非物质文化遗产保护项目，得到各级政府、各界以及全国艺术家的支持和肯定，也吸引各界文化人士来访参观和学习。光明烙画基地，是我们光明作协采风活动之行第三站，光明烙画展示厅负责人张守福先生接待了我们。他简要介绍了烙画文化的起源，同时通过电子显示屏，展示各类烙画作品，内容包含山水、花鸟、动物、人物、人文等，虚实结合，有的反映祖国的大好河山，有的反映人民幸福生活，有的反映时代变迁，有的反映祖国繁荣昌盛，突破创新具有很强的观赏性和感染力，不但有艺术价值，还极具视觉观赏性。张守福先生说，光明烙画基地曾多次组织开展大型烙画艺术交流活动、烙画"走进社区"活动、烙画实践、烙画公益以及烙画衍生品纪念品开发制作，其中有光明烙画基地原创的烙画元素系列证书、奖牌。我对此深有感触，作为在光明残障领域工作的一名社会工作者，我曾经带领残疾人走进光明烙画基地，亲身体验烙画的学习和创作，带领残疾人参加二〇一九年光明区才艺比赛，并获得烙画创作二等奖的佳绩。在工作人员的指引下，同行的作协会员远美尝试着学习烙画创作，十余分钟后，一株灵动小荷花在画板上诞生，引起一片惊叹，直说这种艺术真是神奇。

下午五点，夕阳西沉，余晖晕染天际，我们踏上返程。车上，大家仍然沉浸在采风活动的兴奋中，互相交流各自所见所思，每一张面孔都充满热情和期待，这是对未来光明的美好憧憬吧。光明这片热土，青山秀水，人杰地灵，科技与生活默契呼应，城市品质不断提升。我们生活和工作在这一片土地上，集天时、地利、人和之势，只要心怀热爱和美好，勤于奋斗，勇于奉献，就必定能主宰人生幸福，书写不一般的人生。我相信，光明的未来必定更光明。

　　大巴徐徐驶离光明科学城，车窗外，天色向晚，而我的内心却无比灿烂。

楼明路的黄昏

楼明路是我上下班的必经之途，我深深地喜欢上了这里：川流不息的人群，水流清澈的茅洲河，架在河上的水泥桥，路旁翠碧的荔枝林，一抬头就能看到的明净湛蓝的天空……有什么理由不爱它？冥冥之中，我好像与楼村有着不解之缘。犹记得五年前考取社工证第一次应聘面试，就是在楼村居委会。两年后我调岗来到楼村从事社会工作服务，至今已三个年头。

八月中旬，黄昏之时，太阳挂在远处的树梢上，云层被镀上了闪亮的金边。天气转凉，迎面而来的风少了一丝丝热气，多了几许清凉，毕竟，立秋了。

下班后骑电动车回家的好处就是我可以随时停车拍照，而手机总能遂我心愿，帮助我记录下这个时刻所有的美好。

从楼村居委会南侧出来，往北，这一段路有一个很有意思的名字：绘猫路。记得去年光明文艺中心邀请著名作家聂作平老师撰写与光明历史相关的文字，他由远人老师陪同来到楼村，专门去看了麻石巷和旧村古井，然后对这个路名产生了强烈的兴趣，用手机拍下来问我这个路名的来由，可惜我只能抱歉地如实说不知道。

经过楼村居委会后往北三百米，就到了茅洲河的支流，上面有一座石桥，我喜欢停车后站在桥上远眺，眼前蓦然明亮，亦开阔起来：东西横卧的龙大高速公路宛如一道彩虹，在夕阳下显得繁忙而静谧。路上的人流和车流都特别多，劳累了一天，归家的旅途总是匆忙却温馨。公路左侧是一排店铺，但它们都已不似早晨那般忙碌，此时一切都缓慢下来。店铺前的空地上并排停满了小车，车身被一层夕阳的光晕覆盖，更显得祥和。路上骑车的人都戴着头盔，谁也看不清对方的脸，但都朝着同一个方向行驶，偶尔来不及刹车，后者的前轮撞到了前面车子的后轮，只听到一个声音隔着头盔传出来：不好意思啊，抱歉。接着前面的人扭过头一瞅，回一句：没事，没事。双方的声音都充满友善，使这个黄昏更增添了几许温情。路的右侧是茅洲河的支流，有灰白的水泥栏杆，满坡都是翠绿芳草，绿意盈盈，十分养眼怡心。河中流水淙淙，隐约可听到一曲欢歌，由近而远，慢慢消散。这时候，正好有风吹来，带来小河隔岸那荔枝林特有清新气息，纵使没有花期的芬芳和硕果的馨香，但也能体验到置身森林时的清爽和惬意，深深呼吸下，顿时身心舒适极了。

而我最喜爱的黄昏天空，则以一幅写意水墨画呈现在我的视线中。太阳已完全隐匿，天色向晚，远处高耸的楼宇隐约可见，正好为这幅水墨画增加了内涵和层次感。楼宇之上是夕阳西沉后霞光晕染成的浅黄色，明亮且温暖。然后突然有一支神来之笔恣意向天空泼墨挥洒，将明丽的天空恰到好处地分割成不同的板块，墨色浓淡相宜。天空的画面光线忽明忽暗，让人随之心神游移，感受时光的神奇和美妙。两边的路灯尚未点亮，从西边投射出路灯灯杆的影子格外妖娆曼妙，和路对面高大繁茂的大王椰相得益彰。这一切，都属于这个特别的黄昏。

　　渐渐地，暮色四合，我痴痴凝望眼前这一幅水墨画，久久不愿离去。

荔湖公园夜色

光明这片土地人杰地灵,青山秀水,而近年来,随着一百多座社区公园陆续建成,更为这座位于深圳市西北部的城区增添了更加亮丽的色彩。

楼村是新湖街道所属的三个社区之一,位于光明区中北部,这里荔枝林茂密,河湖遍布。荔湖公园正是因了大片荔枝林和附近的莲塘水库依势修建,不过,或许因为新的城市规划,迄今工程尚未竣工。但这似乎并不影响附近的居民早晚结伴前往游玩,赏晨曦夜色,听蛙鸣虫唱。

我并不住在荔湖公园附近,可是,因为我在楼村工作时日已久,对它产生了较为深厚的感情,我喜欢楼村花园的花木葱茏,也喜欢三月风广场的热闹欢欣,现在我更喜欢荔湖公园的绿树绕湖,林深莺语。

荔湖公园位于楼村西侧，利用山林坡地和湖滨打造成各种形式的观湖亭台。在这个周末的傍晚，我骑电动车来到荔湖公园，将车停在门口，由南侧入口进入园内。此时，早有三五成群的居民在悠闲散步。最近几场暴雨将天空冲刷得更明净湛蓝，洁白的云朵飘浮在空中，看上去云似乎更纯净了些，没有丝毫杂质。此时，有一丝丝清风拂面，如此轻柔、清爽。沿绿道进入，穿过一片绿茵地，草尖上挂着点滴露珠，湿了脚背，也滋润了酷夏里略显焦躁的心。草地有蛇形的水泥小径，漫步向西北，三分钟就到了湖边。这一处池塘看上去更像是沼泽地，成片的芦苇，沿湖岸丛生，几弯木质栈桥便隐藏在其中，偶尔露出枣红色的栏杆，若隐若现，芦苇的碧绿与栈桥的红色相得益彰，彼此映衬，更加凸显出视觉上的美。此时，天色向晚，湖面的水特别静，突然有一只水鸟从芦苇中冲出，贴近水面振翅掠过，带起水面圈圈涟漪，这才让明镜一般的水面感觉到了另一种生命的气息。

深圳的荔湖公园少了几许昏暗，远处的楼村花园依旧在我的手机镜头下清晰且静谧。沿湖畔小径继续向西北方向慢慢踱步，一边倾听草丛中的蛙鸣虫唱，周围山头茂密的荔枝林里清新气息随风飘来，仿佛穿透整个身体，洗涤了整个身心，顿时感到神清气爽。绿道上早有几个骑行的年轻人疾驶而过，随车播放的动感音乐将宁静的夜轻轻敲击，植入活力与激情，让这个世界的美好更趋丰满和完美。

沿湖岸走势而设置的十三处游廊，使这个公园更显人文韵致。年轻的父母牵手稚童徜徉在荔湖湾畔，两两相依的情侣则倚在游廊转弯处喁喁私语。如水夜色中，廊在水畔，林映水中，山湖掩映，一切都恰到好处。行至湖畔中段，前面的小径突现一个大拐弯，远远就听到嬉闹声，此起彼伏，待走近，方发现这里有一处小型的游乐场，儿童追逐玩耍，尽情享受属于他们的快乐。旁边一处呈半圆形竖立的长方形彩色宣传板，大约四五米高，两两相隔数米，五彩斑斓的画面上印有社会主义核心价值观等标语。人文与生态的结合，使荔湖公园的美更加丰厚。

  漫步行至此处，大片曲尺桥便出现在眼前，将水面分割成不同规则的形状。夜色中看不清湖面，却仍然能分辨出廊桥在水中的倒影，一动不动。偶然跃出一只青蛙，呱呱叫一声，没入水中，很快，水面又归于沉寂。风随时都裹挟青草和荔枝林的潮润气息，轻抚肌肤，我仿佛可以感受到每一个毛孔都张大了嘴在呼吸新鲜空气。回头一看，不知不觉沿湖走了半圈。湖对岸，路灯泛着温暖的光晕，点亮这个夜里最深的温情。

  停住脚步，倚栏静伫，任清风拂面，看天空繁星闪烁，远处，一轮新月挂在山林的枝头。

光明的天空

上班途中,我总会经过几个路口等候红绿灯,短暂停留之际,抬头一看,天空蓝得澄澈,白云如絮,太阳就藏在云层后。南国的风,带着特有的清凉气息,迎面吹来,令人格外感觉清爽,仿佛能嗅到甜丝丝的味道,莫名就心花怒放。

这样的天空,就是一幅水彩画,虽只有蓝和白两种色彩,层次却变幻无穷,有时浅蓝,有时粉蓝,有时湛蓝,有时靛蓝,而云朵和蓝天简直就是标配,搭配得十分奇妙,时而像羽毛一样,稀疏浅淡,时而像绵羊成群结队在奔涌,时而又似鱼鳞一般细碎,就这样,天空和云朵宛如变装的情侣,总以不同的面貌展示迷人的风采,风轻云淡,令人沉醉。

我总是会用手机记录下看到的天空影像,却总也看不够、拍不完。平时我最喜欢在两个地方拍摄天空,一处是楼村靠近楼明路的起始点,从陈明礼工业园往光明方向,有一座水泥石桥,横卧在茅洲河的支流之上。据当地老人说,这座桥有一百多年的历史了,原本用简易的石头垒成,供行人跨河通过,后来,根据需要不断地被加固、改造,变成了现在这种具有现代化气息外形的石桥。虽然缺少一些古朴的特色,不过,它一点也不影响我拍照,还能供我选择它作为一种拍摄天空的背景。蹲下来,举着手机,镜头里的蓝天白云就像被桥挑在肩上,别有一番意境。

过了桥,沿河右拐,一眼就能看到千数米开外那一座更高更帅的桥,这便是我们光明人的骄傲和幸福所在:地铁6号线跨线桥。从远处望去,仿佛觉得这座桥横卧在天地之间,将天地切割为不对称的两半。如果多待一会儿,我能看到一条巨龙,从东边缓缓探头出来,徐徐地钻进西边的山洞:6号线地铁楼村站。第一次看到这条龙,正值6号线一个月前空载试运行。当时,我兴奋得跳起来,急忙录下这一宝贵的时刻。后来,我又连续几次拍到了它,阳光明媚,湛蓝的天空下,白云悠悠,只见一条巨龙从山的那一面蜿蜒而出,静悄悄地游过来,再慢慢地消失在另一边。在青山碧水的依托下,依旧看到蓝天如水洗过一样的纯净,白云朵朵飘浮,满目阳光灿烂。我很喜欢这道风景,让我感受到时代的发展,我们的生活更幸福。

另一处能拍到特别美丽的天空,是在我工作的楼村旧村。这里有著名的古井和麻石巷,还有保存相对完整的旧村村落。在古朴的景象里,民居承载的沧桑,略显得深沉,而天空却投射另一番明丽异彩，二者相得益彰。天空显得格外蓝而明净，云朵显得格外白而轻盈。此时，我会猫着腰挪步，将手机镜头避开地面停放的车辆和过往的行人，只拍下古村落的屋顶，在屋顶之上，便是令人赏心悦目的碧蓝天空。云朵在变幻、流动，带来无限的遐想，有时像凤凰展翅，有时像骏马奔腾，有时像群羊放牧，有时又似一家人悠闲漫步……无论何时，视线中的天空总是一幅充满故事的画作，让人感受到满满的愉悦和幸福。

平凡的日子，琐碎的生活，如果你觉得累了乏了，不妨抬头看看天空吧，这是一剂良方，足以治愈所有的烦忧。